LE VOYAGE
DANS LE PASSÉ

Suite en fin de volume

STEFAN ZWEIG

LE VOYAGE DANS LE PASSÉ

Traduction de

BAPTISTE TOUVEREY

suivie du texte original allemand

BERNARD GRASSET
PARIS

L'édition originale de cet ouvrage a été publiée en 1987,
par S. Fischer Verlag
dans l'anthologie intitulée

« Brennendes geheimnis »
sous le titre WIDERSTAND DER WIRKLICHKEIT

L'éditeur remercie Madame Valérie Bollaert,
auteur d'une thèse sur les nouvelles de Zweig,
d'avoir attiré son attention sur cette nouvelle inédite.

ISBN 978-2-246-74821-2

Avant-propos du traducteur

Etonnant destin que celui du Voyage dans le passé. *De ce texte, on ne connut longtemps qu'un fragment intégré à un recueil collectif paru à Vienne en 1929. Bien des années plus tard, Knut Beck, éditeur chez S. Fischer Verlag, découvrit dans les archives d'Atrium Press, à Londres, un tapuscrit qui l'intrigua, 41 pages annotées de la main même de Zweig : c'était la nouvelle, mais achevée, avec un titre,* Le Voyage dans le passé, *certes raturé, mais qu'on a décidé de maintenir ici tant il est approprié à cette vibrante histoire d'un amour impossible, à ces retrouvailles inabouties entre un homme et une femme qui se sont aimés, mais que la vie a séparés.*

Il semble que Zweig ait voulu répondre à sa manière à la grande question : l'amour résiste-t-il à tout? Résiste-t-il à l'usure du temps, à la trahison, à une guerre mondiale? Louis, le héros, jeune homme pauvre mû par une « volonté fanatique », est tombé amoureux de la femme de son riche bienfaiteur. Elle l'aime aussi, mais il est envoyé en mission au Mexique pour plusieurs mois. Elle lui a promis de se donner à lui quand il reviendrait; hélas, ce retour ne cessera d'être différé : la guerre de 1914-1918 éclate, interdisant toute traversée de l'Atlantique aux ressortissants des pays ennemis de l'Angleterre. Louis, devenu riche et puissant, se marie et fonde une famille. Les retrouvailles, neuf ans plus tard, ont un goût amer.

On retrouve dans Le Voyage dans le passé beaucoup des thèmes de prédilection du grand écrivain autrichien : l'amour bien sûr, la passion exclusive, le dévouement, le traumatisme de la Grande Guerre. On y retrouve aussi ce savoir-faire unique de Zweig, son génie de la psychologie, son art de suggérer dans un geste, un regard, les tourments intérieurs, les arrière-pensées, les abîmes de l'inconscient.

Si le récit est incontestablement centré sur Louis, jeune héros balzacien quelque peu germanisé (sa réussite est davantage le fait de son assiduité au

8

travail que de son cynisme), le personnage le plus intéressant reste sans doute son répondant féminin, cette « bien-aimée » qui, elle, n'a pas de prénom, épouse puis veuve du « célèbre conseiller G. ». On serait tenté d'évoquer à son propos la Mme Arnoux de L'Education sentimentale, tant la nouvelle rappelle par bien des aspects la fin du roman de Flaubert. Mais l'héroïne du Voyage dans le passé est plus émouvante que son modèle présumé. Là où Mme Arnoux semble presque dénuée de désirs, être toute passivité, le personnage de Zweig se caractérise par sa générosité absolue. Elle suscite l'admiration, au moins autant qu'un amour passionné. Le Voyage dans le passé est donc aussi un magnifique portrait de femme.

La nouvelle se place explicitement sous le patronage de Verlaine. Les vers de « Colloque sentimental » viennent la clore et nous fournir une clé de lecture. Zweig, de toute évidence, cite de mémoire et avec quelque imprécision (dans le texte original les deux spectres « ont évoqué le passé »), mais, en francophile passionné, il en fait un usage remarquable : lui, le Viennois, dont le pays a été emporté par la guerre, et qui voit ressurgir un nationalisme pangermanique plus haineux que jamais, recourt à

9

un poème « étranger », à la langue de l'ennemi, pour dire ce qui est au cœur de cette nouvelle : l'impossibilité de faire revivre le passé.

B.T.

Le voyage dans le passé

« Te voilà ! », dit-il en venant à sa rencontre les bras ouverts, presque déployés. « Te voilà », répéta-t-il et sa voix grimpa dans les aigus, passant de la surprise au ravissement, tandis qu'il embrassait tendrement du regard la silhouette aimée. « Je craignais tant que tu ne viennes pas ! »

« Est-ce là toute la confiance que tu as en moi ? » Mais seules ses lèvres, souriantes, exprimaient comme pour se jouer ce léger reproche : ses yeux, rayonnants et si clairs, resplendissaient de certitude, bleus.

« Non, pas du tout, je n'ai pas douté – qu'y a-t-il de plus sûr en ce monde que ta parole ? Mais, vois-tu, c'est idiot – cet après-midi, je ne sais pas pourquoi, j'ai été tout à coup saisi d'un accès d'angoisse absurde, il t'était peut-être arrivé quelque chose. Je voulais t'envoyer un télégramme, je voulais venir te voir et puis, comme l'heure tournait, et que je ne te voyais toujours pas, j'ai été déchiré à l'idée que nous pourrions encore une fois nous manquer. Mais, Dieu merci, maintenant tu es là. »

« Oui – je suis là maintenant », dit-elle en souriant, avec de nouveau cet éclat resplendissant dans le bleu profond de son regard. « Maintenant je suis là et je suis prête. Et si nous y allions ? »

« Oui, allons-y ! », répétèrent machinalement ses lèvres. Mais son corps immobile n'avança pas d'un pas, il ne se lassait pas de la contempler sans croire à sa présence.

De toutes parts s'élevait le cliquetis des rails de la gare de Francfort, toute de fer et de verre vibrants, des sifflets stridents transperçaient le tumulte du hall enfumé, et sur vingt panneaux, une horloge comminatoire indiquait les heures et les minutes, mais lui, au milieu de ce tourbillon humain, hors de l'espace, hors du temps, dans une transe singulière de possession passionnée, n'était sensible qu'à sa seule présence. « Le temps presse, Louis, nous n'avons pas encore nos billets. » C'est à ce moment-là que son regard captif se détacha d'elle et, avec tendresse et respect, il lui saisit le bras.

L'express du soir pour Heidelberg — fait inhabituel — était bondé. Ils pensaient que leurs billets de première classe leur permettraient de se retrouver en tête-à-tête. Déçus, ils se décidèrent, après avoir inspecté en vain tout le train, pour un compartiment où il n'y avait qu'un monsieur aux cheveux gris, qui somnolait, calé dans un coin. Ils savouraient d'avance la conversation intime qu'ils allaient avoir, lorsque, juste avant le sifflet du départ, trois messieurs bardés d'épais porte-dossiers firent irruption dans le compartiment, essoufflés, des avocats à l'évidence, tellement excités par le procès qui venait de se terminer que leur bruyante discussion anéantissait toute autre possibilité de conversation. Résignés, ils se tinrent donc tous deux l'un en face de l'autre, sans oser s'adresser la parole. Néanmoins, quand l'un d'eux levait les yeux, il voyait, survolé par l'ombre incertaine des lampes comme par de sombres nuages, se tourner amoureusement vers lui le tendre regard de l'autre.

Le train se mit en branle en cahotant. Le cliquetis des roues étouffait la conversation avocassière et la réduisait à un simple bruit de fond. Mais, ensuite, heurts et à-coups se muèrent peu à peu en un balancement régulier, le berceau d'acier tanguait, incitant à la rêverie. Et tandis qu'au-dessous d'eux les roues crépitantes filaient, invisibles, vers un avenir que chacun meublait à sa guise, leurs pensées à tous deux voguaient vers le passé comme vers un songe.

[Quelques jours plus tôt] ils s'étaient revus pour la première fois après plus de neuf ans. Séparés tout ce temps par une distance infranchissable, ils ressentaient désormais avec une violence décuplée cette proximité retrouvée qui se passait de mots. Mon Dieu, comme c'était long, comme c'était vaste, neuf ans, quatre mille jours, quatre mille nuits, jusqu'à ce jour, jusqu'à cette nuit! Que de temps, que de temps perdu et, malgré cela, surgissait en eux une seule pensée, qui les ramenait au tout début de leur histoire. Comment cela s'était-il passé? Il se le rappelait avec précision : il avait vingt-trois ans lorsqu'il était arrivé chez elle pour la première fois, la lèvre déjà ourlée d'un léger duvet. Confronté dès son enfance à une pauvreté humiliante, nourri par l'assistance publique, il avait réussi à survivre grâce à des emplois de précepteur et de répétiteur, aigri avant l'heure par les privations et le pain de mauvaise qualité. En mettant de côté, le jour, quelques centimes pour s'acheter des livres, en consacrant ses nuits à l'étude, les nerfs épuisés et tendus jusqu'à se rompre, il avait achevé ses études de chimie sortant premier de sa promotion et, grâce aux vives recommandations de son professeur principal, il avait été introduit auprès du célèbre Conseiller G., directeur de la grande usine de Francfort. Là, on lui confia d'abord des travaux subalternes dans le laboratoire, mais ayant rapidement constaté le sérieux et la ténacité de ce jeune homme qui

15

se plongeait dans le travail avec toute la force d'une volonté fanatique, le Conseiller commença à s'intéresser particulièrement à lui. Pour l'éprouver, il lui confia des responsabilités toujours plus grandes dont l'autre s'emparait avec avidité, y voyant la possibilité d'échapper au cachot de sa pauvreté. Plus on lui donnait de travail, plus sa volonté se bandait avec vigueur : il passa ainsi, en très peu de temps, du statut d'auxiliaire banal à celui d'assistant des expérimentations confidentielles, et, pour finir, le Conseiller ne l'appela plus que « mon jeune ami ». Car, à son insu, de derrière la porte tapissée de la Direction, il était observé par l'œil scrutateur d'un connaisseur, et, tandis que le jeune homme, dans son orgueil, s'imaginait dompter avec frénésie le quotidien, son patron, presque toujours invisible, lui arrangeait déjà son ascension future. Souvent confiné chez lui et même parfois cloué au lit par une sciatique très douloureuse, cet homme vieillissant était à l'affût d'un secrétaire particulier à qui il pût tout confier et dont l'envergure intellectuelle serait telle qu'il pourrait lui parler des brevets

les plus secrets et des expériences qu'il dirigeait avec la discrétion qui s'imposait : il
semblait enfin l'avoir trouvé. Un jour, le
Conseiller vint voir le jeune homme, et, à la
grande surprise de celui-ci, lui fit cette proposition inattendue : ne voulait-il pas, pour
mieux le seconder, laisser sa chambre meu-
blée des faubourgs et s'installer dans sa vaste
villa en tant que secrétaire particulier? Le
jeune homme fut surpris de cette offre, mais
le Conseiller plus surpris encore lorsque
celui-ci, après une journée de réflexion,
déclina sans ambages l'honorable proposition,
dissimulant assez maladroitement derrière de
balbutiantes excuses la brutalité de son refus.
Tout éminent savant qu'il fût, le Conseiller
n'était pas assez fin psychologue pour deviner
la vraie raison de ce refus, et peut-être
l'autre, dans son obstination, ne s'avouait-il
pas lui-même le fond de sa pensée. Or ce
n'était rien d'autre qu'une fierté poussée à
l'extrême, la pudeur blessée d'une enfance
passée dans la pauvreté la plus amère. Il avait
grandi comme précepteur dans les maisons de
riches parvenus, qui le blessaient; statut

17

hybride, sans qualité, à mi-chemin entre le serviteur et le familier, chez lui sans y être, simple ornement comme les magnolias à côté de la table, qu'on disposait puis dont on se débarrassait après usage, il avait l'âme pleine de haine contre les puissants et le milieu dans lequel ils évoluaient, les meubles lourds et imposants, les chambres cossues, les repas abondants, toute cette richesse à laquelle on tolérait seulement qu'il prît part. Il avait tout connu, les offenses d'enfants insolents et la pitié, plus offensante encore, de la maîtresse de maison, quand elle lui glissait discrètement quelques billets à la fin du mois, les regards d'une ironie railleuse des bonnes, toujours cruelles envers le serviteur mieux loti, lorsqu'il arrivait dans une nouvelle maison avec sa lourde valise en bois et qu'il devait suspendre, dans une armoire qu'on lui prêtait, son unique costume, ses habits ravaudés mille fois, ces signes évidents de sa pauvreté. Non, plus jamais, il se l'était juré, plus jamais il n'irait dans une maison qui n'était pas la sienne, plus jamais il ne vivrait dans la richesse avant qu'elle ne lui appartînt en propre, plus jamais il ne donnerait en spectacle son indigence, en se laissant blesser par des cadeaux indélicatement offerts. Plus jamais, plus jamais. Désormais, son titre de docteur et un manteau bon marché mais imperméable dissimulaient au monde extérieur la modestie de sa condition ; dans son bureau, sa compétence faisait oublier la plaie à vif de sa jeunesse salie, gâchée par la pauvreté et les aumônes : non, aucun salaire au monde ne le ferait renoncer à cette poignée de liberté, ce jardin secret de sa vie. Et c'est pourquoi il déclina cette invitation honorable, au risque de ruiner sa carrière en alléguant de faux prétextes.

Mais bientôt, des circonstances imprévues ne lui laissèrent plus le choix. Les souffrances du Conseiller s'aggravèrent au point qu'il lui fallut garder le lit plus longtemps et qu'il se trouva même dans l'impossibilité de communiquer par téléphone avec son bureau. Un secrétaire particulier devint une nécessité absolue et, dès lors, il ne lui fut plus possible de se dérober à l'offre que son protecteur renouvelait avec insistance, à moins de perdre sa place. Dieu sait que ce déménagement fut pour lui un chemin de croix : il se souvenait encore avec précision du jour où il sonna pour la première fois à la porte de cette villa élégante, un peu désuète, sur la Bockenheimer Strasse. La veille au soir, il avait puisé à la hâte dans ses minuscules économies — une vieille mère et deux sœurs dans une ville perdue de province dépensaient une bonne partie de son maigre revenu — et s'était acheté des vêtements neufs, un costume noir correct, des chaussures neuves, pour ne pas trahir trop ouvertement son indigence ; une fois de plus un domestique transporta, en le précédant, le coffre honni et que tant de souvenirs lui avaient fait prendre en grippe, à l'intérieur duquel étaient pliés ses rares effets personnels : une fois de plus le goût amer du malaise lui étreignit la gorge quand un serviteur ganté de blanc lui ouvrit cérémonieusement et que, dès le vestibule, l'oppressante odeur de la richesse vint l'assaillir. Des tapis profonds l'attendaient, qui absorbaient ses pas, des tapisseries des Gobelins, dès l'antichambre, tendues sur tous les murs et qui réclamaient des regards solennels, des portes sculptées aux lourdes poignées de bronze, qui, à l'évidence, n'étaient pas faites pour être ouvertes par sa main, mais que devaient actionner des serviteurs zélés à l'échine courbée : autant de choses qui, à la fois abrutissantes et hostiles, accablaient son amertume orgueilleuse. Et lorsque, ensuite, le serviteur le conduisit dans la chambre destinée aux invités, dotée de trois fenêtres, qu'il était censé occuper, il fut submergé par le sentiment d'être un intrus qui n'avait rien à faire là : lui, qui hier encore vivait dans une petite chambre ouverte aux quatre vents sous les toits avec un lit en bois et une cuvette de fer, on voulait qu'il se sente chez lui dans cet endroit où chaque objet, d'un luxe insolent et comme conscient de sa valeur marchande, lui lançait des regards railleurs, lui signifiant qu'ici, il n'était encore que toléré. Ce qu'il avait apporté, et lui-même, à vrai dire, vêtu comme il l'était, se tassaient piteusement dans cette vaste pièce irradiée de lumière. Son unique redingote, se balançant comme un pendu, dans l'armoire énorme, était ridicule, ses quelques affaires de toilette, son rasoir, posés sur le vaste lavabo de marbre, étaient comme des déjections ou comme un outil qu'aurait oublié un plombier ; il ne put s'empêcher de cacher son coffre de bois dur et massif sous une cape, l'enviant de pouvoir se camoufler ainsi, tandis que lui se tenait dans cette pièce fermée comme un cambrioleur pris sur le fait. Il tentait de se consoler de son sentiment de nullité aigre et honteux en se disant que s'il était là, après tout, c'était parce qu'on l'en avait prié, qu'on l'y avait invité. Mais les objets somptueux qui l'entouraient de toutes parts venaient sans cesse ruiner ses arguments, il se sentait à nouveau minable, méprisé, vaincu par le poids de ce monde de l'argent plein de morgue et d'ostentation, larbin, valet, pique-assiette, meuble humain, qu'on vend et qu'on prête, comme dérobé à lui-même. Et au moment où le serviteur, effleurant la porte du bout des doigts, le visage glacial et le maintien raide, annonça que Madame faisait demander Monsieur le Professeur, il sentit, tandis qu'il parcourait tout tremblant l'enfilade des pièces, que, pour la première fois depuis longtemps, son allure se tassait, ses épaules s'affaissaient pour une courbette servile, et qu'après tant d'années, l'incertitude et la confusion de l'enfant s'insinuaient à nouveau en lui.

Mais à peine se trouva-t-il pour la première fois en présence de cette femme, que la tension qu'il éprouvait se dénoua douce-ment et avant même que, se relevant de sa courbette avec hésitation, il n'ait contemplé le visage et la silhouette de son interlocutrice, les mots de cette dernière l'accueillirent sans qu'il pût s'en défendre. Et ces premiers mots furent des mots de gratitude, prononcés avec une simplicité et un naturel tels, qu'ils dissi-pèrent en lui tous ces nuages de mécontente-ment, en le touchant d'emblée. « Je vous remercie mille fois, Monsieur le Professeur », et elle lui tendit cordialement la main, « d'avoir fini par accepter l'invitation de mon mari, et j'espère qu'il me sera bientôt donné l'occasion de vous prouver à quel point je vous en suis reconnaissante. Cela n'a sans doute pas été facile pour vous : on n'aban-donne pas volontiers sa liberté, mais peut-être le sentiment d'avoir obligé au plus haut point deux personnes vous consolera-t-il. En ce qui me concerne, je ferai tout mon possible pour que vous vous sentiez dans cette maison comme chez vous. » Quelque chose en lui était intrigué. Comment savait-elle, pour sa liberté vendue à contrecœur, pourquoi mettait-elle d'emblée le doigt sur sa blessure, le point douloureux et le plus sensible de son existence, juste là, à cet endroit où palpitait son angoisse de perdre sa liberté et de n'être que quelqu'un qu'on tolère, qu'on loue, qu'on paie ? Comment avait-elle, du premier mouvement de la main, écarté de lui tout cela ? Il leva malgré lui les yeux vers elle, et prit conscience du regard chaleureux, attentionné, qui guettait le sien avec confiance.

Une sorte de douceur ferme, de sereine conscience de soi, quelque chose d'apaisant, se dégageait de ce visage, une clarté irradiait de son front pur qui, encore dans l'éclat de la jeunesse, portait presque avant l'âge la raie austère de la matrone, séparant une sombre chevelure qui tombait en ondulations profondes, tandis qu'à partir du cou, une robe, sombre également, enserrait ses épaules rondes :

son éclat apaisant rendait ce visage encore plus radieux. Elle ressemblait à une madone bourgeoise, avec des airs de nonne dans sa robe fermée jusqu'au cou, et la bonté donnait à chacun de ses mouvements une aura de maternité. Elle fit alors un pas vers lui, mouvement plein de délicatesse, obtenant d'un sourire qu'il la remerciât de ses lèvres tremblantes. « Je ne vous demande qu'une chose, la première dès cette toute première heure. Je sais que vivre avec d'autres personnes, quand on ne se connaît pas depuis longtemps, est toujours un problème. Il n'y a qu'un remède à cela : la franchise. C'est pourquoi, si vous vous sentez oppressé ici, gêné par quelque disposition ou quelque mesure que ce soit, je vous supplie de vous en ouvrir à moi. Vous êtes l'auxiliaire de mon mari, je suis son épouse, ce double devoir nous lie : soyons donc francs l'un envers l'autre. »

Il prit sa main : le pacte était conclu. Et dès la première seconde il se sentit attaché à cette maison : le luxe des pièces ne lui fut plus hostile, au contraire, il y vit aussitôt le cadre indispensable de l'élégance qui, en ce lieu, rendait harmonieux tout ce qui, à l'extérieur, l'agressait, le confondait, le heurtait. Il s'aperçut peu à peu qu'ici, un sens artistique exceptionnel assujettissait le luxe à un ordre supérieur et qu'insensiblement, ce rythme feutré de l'existence pénétrait dans sa vie, et jusque dans ses paroles. Etrangement, il se sentit apaisé : tous les sentiments aigus, véhéments ou passionnés perdaient leur malignité, leur acuité, c'était comme si les tapis profonds, les tapisseries, les volets de couleur absorbaient la lumière et le bruit de la rue, et en même temps il avait l'impression que cet ordre aérien ne se produisait pas tout seul, mais qu'il émanait de la présence de cette femme silencieuse à l'éternel sourire bienveillant. Et là où, dans les premières minutes, il avait éprouvé quelque chose de l'ordre de la magie, les semaines et les mois qui suivirent lui révélèrent des bienfaits : cette femme fit preuve d'un tact discret pour l'attirer peu à peu, sans qu'il sente s'exercer la moindre contrainte, au sein du premier cercle de cette maison. Veillé, mais non pas surveillé, il percevait une attention prévenante qui s'occupait de lui comme à distance : à peine les avait-il laissé deviner, que ses moindres désirs étaient exaucés par une bonne fée si discrète que tout remerciement était rendu impossible. Feuilletant un soir un album de précieuses gravures, s'était-il extasié sans retenue devant l'une d'entre elles, le Faust de Rembrandt, que deux jours plus tard il en trouvait une reproduction, déjà encadrée, accrochée au-dessus de son bureau. Avait-il fait mention d'un livre, encensé par un ami, dans les jours qui suivaient, il tombait dessus dans les rayons de la bibliothèque. A son insu, sa chambre se conforma à ses désirs et à ses habitudes : il était rare qu'il remarquât tout de suite ces menues transformations, il sentait seulement que sa chambre était plus confortable, plus colorée et chaleureuse, jusqu'à ce qu'il se rendît compte ensuite, par hasard, que la même couverture orientale brodée qu'il avait admirée dans une vitrine recouvrait son ottomane ou que la lumière de sa lampe se diffusait désormais à travers un abat-jour de soie couleur framboise. Cette atmosphère l'attirait toujours davantage : il ne quittait plus qu'à contrecœur cette maison où il avait trouvé, en la personne d'un petit garçon de onze ans, un ami passionné, et il aimait beaucoup les accompagner, sa mère et lui, au théâtre ou à des concerts : sans qu'il en eût conscience, toutes ses actions durant les heures où il ne travaillait pas, s'inséraient dans le doux clair de lune de la présence paisible de cette femme.

Dès leur première rencontre, il l'avait aimée, mais ce sentiment, qui le submergeait jusque dans ses rêves, avait beau être une passion absolue, il lui manquait néanmoins l'événement décisif qui viendrait l'ébranler, c'est-à-dire la claire prise de conscience que ce qu'il recouvrait, se dupant lui-même, du nom d'admiration, de respect et d'attachement, était déjà pleinement de l'amour, un amour fanatique, une passion effrénée, absolue. Mais une espèce de servilité en lui réprimait violemment cette prise de conscience : elle lui semblait si lointaine, trop haute, trop distante, cette femme radieuse, ceinte d'un halo d'étoiles, cuirassée de richesses, de tout ce qu'il avait expérimenté de la féminité jusqu'ici. Il aurait ressenti comme un blasphème d'admettre qu'elle aussi était assujettie au sexe et à la même loi du sang que les quelques autres femmes que sa jeunesse d'esclave lui avait accordées, que cette fille de ferme qui avait ouvert sa porte au précepteur, juste une fois, curieuse de voir si l'étudiant s'y prenait d'une autre manière que le cocher et le valet, ou que cette couturière qu'il avait rencontrée dans la pénombre des réverbères en rentrant chez lui. Non, là c'était autre chose. Elle irradiait depuis une autre sphère où le désir n'était pas de mise, pure et immaculée, et même le plus passionné de ses rêves n'avait pas la hardiesse de la dévêtir. Troublé comme un enfant, il s'attachait au parfum de sa présence, jouissant de chacun de ses mouvements comme d'une musique, heureux de la confiance qu'elle lui témoignait et constamment effrayé à l'idée de trahir si peu que ce fût quelque chose du sentiment excessif qui l'agitait : sentiment qui n'avait pas encore de nom, mais qui s'était constitué depuis longtemps et s'attisait à demeurer tapi.

Cependant l'amour ne devient vraiment

lui-même qu'à partir du moment où il cesse de flotter, douloureux et sombre, comme un embryon, à l'intérieur du corps, et qu'il ose se nommer, s'avouer du souffle et des lèvres. Un tel sentiment a tant de mal à sortir de sa chrysalide, qu'une heure défait toujours d'un coup le cocon emmêlé et qu'ensuite, tombant de tout son haut dans les plus profonds abîmes, il s'abat, avec une force décuplée, sur un cœur terrorisé. C'est ce qui se produisit, assez tard, plus d'un an après son installation dans cette maison.

Un dimanche, le Conseiller l'avait fait venir dans son cabinet : le simple fait que, contrairement à son habitude, après de rapides salutations, il fermât la porte tapissée derrière eux et donnât l'ordre, par le téléphone de la maison, qu'on ne les dérangeât sous aucun prétexte, rien que cela montrait l'importance de ce qu'il avait à lui dire. Le vieil homme lui proposa un cigare, l'alluma dans les règles de l'art, comme pour gagner du temps en vue d'un discours qu'il avait dû préparer jusque dans les moindres détails. Il commença tout d'abord par le remercier en énumérant tous les services rendus. A tous points de vue le jeune homme avait amplement mérité sa confiance et son attachement, il n'avait jamais eu à regretter de lui avoir confié ses affaires, même les plus intimes, alors même qu'il lui était lié depuis si peu de temps. Et voilà qu'hier lui était arrivée de son entreprise d'outre-mer une nouvelle importante qu'il ne craignait pas de lui faire partager : le nouveau procédé chimique, dont il avait connaissance, exigeait de grandes quantités d'un certain minerai, et un télégramme venait de l'informer qu'on avait localisé de gros gisements de ce métal au Mexique. L'essentiel désormais était de les acquérir au plus vite au bénéfice de l'entreprise, et d'en organiser sur place l'extraction et l'exploitation afin de prendre de court les consortiums américains. Une telle mission exigeait un homme de confiance, qui fût en même temps jeune et énergique. En ce qui le concernait, c'était une grande perte que celle de son fidèle et sûr assistant : il avait néanmoins considéré comme son devoir, lors du conseil d'administration, de le proposer lui, comme

31

étant le plus compétent et le seul qui convînt. Il serait pour sa part dédommagé par la certitude d'avoir pu lui assurer un brillant avenir. Non seulement, en deux ans sur place, il pouvait se constituer, grâce à l'importante rémunération, un petit patrimoine, mais à son retour, on lui réservait un poste de direction dans l'entreprise. « Mais surtout », conclut le Conseiller, lui tendant la main pour lui souhaiter bonne chance, « j'ai comme le pressentiment que vous reviendrez un jour ici pour occuper mon siège et finirez par diriger ce que le vieil homme que je suis a commencé il y a trois décennies. »

Comment une telle offre, lui tombant soudain d'un ciel serein, n'aurait-elle pas tourné la tête d'un ambitieux ? Elle était là, enfin, la porte, comme arrachée par une explosion, qui devait l'affranchir de la pauvreté où il croupissait, du monde sans lumière de la servitude et de l'obéissance, de l'éternelle échine courbée de l'homme contraint d'agir et de penser avec modestie : vorace, il scrutait les papiers et les télégrammes, où, à partir de signes hiéroglyphiques, son vaste plan, dans des contours larges et flous, prenait peu à peu forme. Soudain, des chiffres s'abattirent sur lui à grand fracas, des milliers, des centaines de milliers, des millions à administrer, à compter, à gagner, atmosphère incandescente du pouvoir dominateur, où, abasourdi et le cœur battant, il s'élevait soudain, comme dans un ballon magique, depuis la sphère vile et étouffante où il vivait. Et au-delà de ça : il n'y avait pas que l'argent, les affaires, le goût du risque et des responsabilités – non, c'était quelque chose de bien plus attirant qui, tentateur, s'emparait ici de lui. Partir, c'était façonner, créer, c'était les hautes charges, la tâche démiurgique d'extraire quelque chose de montagnes où, depuis des millénaires, sous la croûte terrestre, les pierres reposaient dans un absurde sommeil, c'était creuser des galeries, édifier des villes aux demeures prospères, aux rues florissantes, aux foreuses et aux grues en mouvement. Derrière les arides broussailles de ses calculs, se mirent à éclore, comme des fleurs tropicales, des constructions chimériques et pourtant bien concrètes, métairies, fermes, usines, magasins, un nou-

33

veau morceau du monde des hommes, qu'il avait à installer, en commandant et ordonnant, là où il n'y avait rien. Une brise marine, corrodée par l'ivresse du large, pénétra soudain dans la petite chambre capitonnée, les chiffres grimpèrent jusqu'à des sommes astronomiques. Et dans un délire d'enthousiasme toujours plus ardent, qui donnait à chaque résolution la forme vibrante d'un envol, on décida de tout à grands traits, réglant même les détails pratiques. Un chèque d'un montant inattendu pour lui, destiné à couvrir les frais du voyage, crissa dans sa main, et, après des vœux renouvelés, on décida qu'il partirait avec le prochain vapeur de la ligne sud, dix jours plus tard. Encore tout brûlant de cette spirale de chiffres, pris de vertige à cause du tourbillon des possibilités entrevues, il était sorti du cabinet de travail, promenant pendant une seconde un regard affolé autour de lui, se demandant si toute cette conversation n'avait pas été qu'une chimère de son désir exacerbé. Un coup d'aile l'avait sorti des profondeurs et porté jusqu'à la sphère étincelante de la satisfaction : son sang grondait encore d'une ascension si brusque, pendant un moment il eut besoin de fermer les yeux. Il les ferma, comme on prend une profonde respiration, seul, pour être tout à soi-même, pour jouir plus exclusivement, plus puissamment de son moi intérieur. Cela dura une minute, mais ensuite, tandis qu'il rouvrait les yeux, comme régénéré, et parcourait l'antichambre du regard, le hasard voulut qu'il restât fasciné par un portrait, qui était accroché au-dessus du grand coffre : son portrait à elle. Ses lèvres à la courbe paisible étaient mi-closes ; elle le regardait, à la fois souriante et l'air pénétré, comme si elle comprenait chacune des paroles qu'il s'était dites à lui-même. Et, à cette seconde, une pensée le foudroya soudain, il avait complètement oublié qu'accepter cet emploi signifiait aussi quitter cette maison. Mon Dieu, la quitter Elle : ce fut comme un coup de poignard à travers la voile fièrement déployée de sa joie. Et en cette seconde où, pris par surprise, il perdit le contrôle de soi, le rempart artificiellement dressé des faux-semblants s'effondra sur son cœur et, pris de brusques palpitations, il sentit à quel point le déchirait, douloureuse, mortelle presque, la perspective de vivre sans elle. La quitter, mon Dieu, Elle : comment avait-il pu y songer, s'y résoudre, comme si, pour ainsi dire, il s'appartenait encore, comme s'il n'était pas prisonnier de sa présence, ici, de toutes les griffes et de toutes les racines de ses sentiments. Ce fut une explosion violente, élémentaire, une douleur physique traumatisante, évidente, un ébranlement de tout son être, depuis le sommet du crâne jusqu'au tréfonds du cœur, une déchirure qui illumina tout, comme l'éclair dans le ciel nocturne : et alors, dans cette lumière aveuglante, il eût été vain de ne pas reconnaître que chaque nerf, chaque fibre de lui-même s'épanouissait dans un amour pour elle, la bien-aimée. Et à peine eut-il, sans un mot, prononcé le mot magique, qu'avec cette rapidité inexplicable que seul suscite un très grand effroi, d'innombrables souvenirs et petites associations d'idées s'en vinrent, étincelants, à l'assaut de sa conscience. Et il sut à quel point, depuis des mois déjà, il était fou amoureux d'elle.

Cela ne remontait-il pas à la semaine de

Pâques, où elle était partie voir de la famille, trois jours qu'il avait passés à errer à tâtons de chambre en chambre, incapable de lire un livre, bouleversé sans en chercher la raison — et ensuite, dans la nuit où elle était censée revenir, n'avait-il pas veillé jusqu'à une heure du matin, pour entendre son pas? L'impatience ne l'avait-elle pas poussé, un nombre incalculable de fois, à descendre, nerveux, les escaliers pour voir si la voiture n'arrivait pas? Il se souvenait du frisson qui l'avait parcouru, depuis le bout des doigts jusqu'à la nuque, quand sa main avait par hasard frôlé la sienne au théâtre : cent vibrants souvenirs de ce genre, petits riens à peine perçus, s'engouffraient à présent, comme à travers des écluses grandes ouvertes, dans sa conscience, dans son sang, et tous atteignaient directement son cœur. Il lui fallut, malgré lui, presser sa main contre sa poitrine, tant son cœur y battait fort, et alors, il n'y eut plus rien à faire, il ne lui fut plus possible de se défendre plus longtemps, de ne pas s'avouer ce qu'un instinct à la fois timide et respectueux, sous divers masques de prudence, avait si longtemps tenu dans l'ombre : qu'il ne pouvait plus vivre sans sa présence. Deux ans, deux mois, deux semaines seulement, sans cette douce lumière sur son chemin, sans les plaisantes conversations du soir – non, non, il ne le supporterait pas. Et ce qui l'avait rempli de fierté dix minutes plus tôt, la mission au Mexique, l'ascension jusqu'au pouvoir démiurgique, en une seconde tout cela fut pulvérisé, éclata comme une scintillante bulle de savon, ce n'était plus que distance, éloignement, prison, bannissement, exil, anéantissement, un arrachement auquel il ne survivrait pas. Non, ce n'était pas possible – déjà, sa main se dirigeait, frémissante, vers la poignée, déjà il voulait retourner dans le cabinet, annoncer au Conseiller qu'il renonçait, qu'il ne se sentait pas digne de son offre et préférait rester dans cette demeure. Mais soudain, la peur le mit en garde : pas maintenant ! Ne pas trahir trop tôt un secret qui commençait juste à se révéler à lui. Et, las, il retira sa main du froid métal.

Il examina encore une fois le portrait : les yeux semblaient lui lancer des regards de plus en plus profonds ; mais sur sa bouche il ne trouvait plus de sourire. N'était-ce pas plutôt une gravité, une tristesse presque, qui se dégageait de ce portrait, comme si elle voulait dire : « Tu as voulu m'oublier. » Il ne supporta pas ce regard peint et néanmoins vivant, tituba pour gagner sa chambre, se jeta sur son lit, avec un sentiment de terreur étrange, proche de l'évanouissement, mais qui bizarrement était pénétré d'une mystérieuse douceur. Il se rappela avidement tout ce qu'il avait vécu dans cette maison depuis la première heure, et tout, même le plus insignifiant détail, avait maintenant un autre poids et une autre lumière : tout resplendissait de cette lumière intérieure de la révélation, tout était léger et flottait dans l'air échauffé de la passion. Il se rappela toutes les bontés qu'elle avait eues pour lui. Il y en avait encore les marques partout autour de lui, il parcourait du regard les objets qu'il touchait de la main, et chacun avait quelque chose du bonheur de sa présence : elle était là, dans ces objets, il sentait en eux ses pensées amicales. Et cette certitude de la bonté qu'elle avait pour lui le submergeait avec passion ; mais pourtant, tout au fond, dans ce courant, il y avait encore en lui quelque chose qui résistait, comme une pierre, quelque chose qu'on n'avait pas enlevé, quelque chose qu'on n'avait pas déblayé, dont il lui fallait se débarrasser, afin que ses sentiments puissent s'épancher en toute liberté. Il palpa avec de grandes précautions ce point obscur au plus profond de ses sentiments, il savait déjà ce qu'il signifiait, et n'osait pourtant pas s'en saisir. Et il ne cessait d'être repoussé par le courant vers ce lieu-là, vers cette question-là : y avait-il — il n'osait pas dire de l'amour — mais tout de même, une inclination de sa part à elle dans toutes ces petites attentions, pas de passion, mais une tendresse légère, dans sa présence prévenante et enveloppante ? Il était hanté par cette question, de lourdes, de noires vagues de sang ne cessaient de la ramener en grondant, sans parvenir à l'entraîner au loin. « Ah ! Si seulement je pouvais me rappeler clairement ! » se disait-il, mais ses pensées voguaient en se mêlant trop passionnément à des rêves et des désirs confus, et à cette douleur toujours tirée des plus extrêmes profondeurs. Il resta donc allongé, apathique, étranger à lui-même, sur son lit, accablé par un étourdissant fatras de sentiments, peut-être une heure, ou deux, jusqu'à ce qu'un coup léger à la porte vînt soudain l'effrayer, des doigts fins et précautionneux qu'il crut reconnaître. Il se leva d'un bond et se précipita vers la porte.

Elle se tenait devant lui, souriante. « Mais Professeur, pourquoi ne venez-vous pas ? On a déjà appelé deux fois à table. »

C'était dit avec une légère jubilation, comme si elle se réjouissait un peu de le prendre en flagrant délit de négligence. Mais à peine eut-elle vu son visage, ses cheveux humides défaits, ses yeux hagards et craintifs qu'elle blêmit à son tour.

« Bonté divine, que vous est-il arrivé ? » balbutia-t-elle, et ce ton défaillant d'effroi lui alla droit au cœur. « Rien, rien », dit-il, se ressaisissant promptement, « j'étais pour ainsi dire dans mes pensées. Toute cette affaire m'est tombée dessus trop rapidement. »

« Quoi donc ? Quelle affaire ? Mais parlez ! »

« Vous ne savez donc pas ? Le Conseiller ne vous a-t-il pas mise au courant ? »

« Non, non ! » insista-t-elle avec impatience, presque affolée par son regard erratique, brûlant, hagard. « Que s'est-il passé ? Mais dites-le-moi ! » Il contracta alors tous ses muscles pour la regarder en face sans rougir. « Monsieur le Conseiller a été assez bon pour me confier de grandes responsabilités, et je les ai acceptées. Je pars dans dix jours pour le Mexique – pour deux ans. »

« Pour deux ans ! Bonté divine ! » Sa frayeur fut comme un coup de pistolet, sorti, brûlant, du fond d'elle-même, un cri, plus que des mots. Et, dans un mouvement involontaire de recul, elle écarta les mains. C'est en vain que, dans les secondes qui suivirent, elle s'efforça de démentir le sentiment qui lui avait échappé : il tenait déjà (comment cela s'était-il passé ?) ses mains, que la peur avait passionnément projetées en avant, dans les siennes ; avant qu'ils ne s'en rendent compte, leurs deux corps tremblants s'enflammèrent, et dans un baiser infini ils étanchèrent les heures et les jours innombrables de soif et de désir innommés.

Ce n'est pas lui qui l'avait attirée à lui, ni

42

elle à elle, ils étaient tombés dans les bras l'un de l'autre, comme emportés ensemble par une tempête, l'un avec l'autre, l'un dans l'autre plongeant dans un inconnu sans fond, dans lequel sombrer était un évanouissement à la fois suave et brûlant — un sentiment trop longtemps endigué se déchargea, enflammé par le magnétisme du hasard, en une seule seconde. Et ce n'est que peu à peu, lorsque leurs lèvres collées se détachèrent, qu'encore pris de vertige devant le caractère invraisemblable de l'événement il la regarda dans les yeux, des yeux d'un éclat inconnu derrière leur tendre obscurité. Et c'est là que s'imposa à lui l'idée que cette femme, la bien-aimée, avait dû l'aimer depuis longtemps, depuis des semaines, des mois, des années, tendrement silencieuse, ardemment maternelle, avant qu'une telle heure ne lui ébranlât l'âme. Et c'était cela, le caractère incroyable de l'événement, qui l'enivrait à présent : lui, lui aimé, et aimé d'elle, l'Inaccessible — un ciel se déployait, baigné de lumière et infini, l'irradiant midi de sa vie, mais déjà il s'effondrait dans les secondes qui suivirent, en mille morceaux blessants. Car cette prise de conscience était aussi un adieu.

Les dix jours qui les séparaient du départ, ils les passèrent tous deux dans un état de continuelle et grisante frénésie. La soudaine explosion des sentiments qu'ils s'étaient avoués, par l'immense puissance de son souffle, avait fait voler en éclats toutes les digues et barrières, toutes les convenances et les précautions : comme des animaux, brûlants et avides, ils tombaient dans les bras l'un de l'autre quand ils se croisaient dans un couloir obscur, derrière une porte, dans un coin, profitant de deux minutes volées; la main voulait sentir la main, la lèvre la lèvre, le sang inquiet sentir son frère, tout s'enfiévrait de tout, chaque nerf brûlait de sentir contre lui le pied, la main, la robe, une partie vivante, n'importe laquelle, d'un corps qui se languissait de lui. En même temps, ils étaient obligés de se maîtriser dans la maison, elle, de dissimuler sans cesse devant son mari, son fils, ses domestiques, la tendresse qui l'illuminait un instant auparavant, lui, de garder l'esprit en éveil pour les calculs, les conférences, les comptes dont il avait la responsabilité. Ils se contentaient à chaque fois d'attraper au vol des secondes, des secondes vibrantes, clandestines, guettées par le danger; ce n'était que des mains, des lèvres, des regards, d'un baiser avidement dérobé, qu'ils parvenaient furtivement à se rapprocher, et la présence vaporeuse, voluptueuse de l'autre, grisé lui-même, les grisait. Mais ce n'était jamais assez, tous deux le sentaient : jamais assez. Et ils s'écrivaient donc des billets brûlants, ils se faisaient passer en secret, comme des écoliers, des lettres folles, enflammées; le soir il les trouvait froissées derrière l'oreiller de ses insomnies, elle, de son côté, trouvait les siennes dans les poches de son manteau, et toutes s'achevaient sur le même cri désespéré, cette question fatale : comment supporter une mer, un monde, d'innombrables mois, d'innombrables semaines, deux ans, entre leurs sangs, entre leurs regards? Ils ne pensaient à rien d'autre, ils ne rêvaient à rien d'autre et aucun d'eux n'avait de réponse, leurs mains seulement, leurs yeux, leurs lèvres, valets ingénus de leur passion, tressaillaient de temps à autre, aspirant à une union, un engagement intime. Et c'est pourquoi ces instants clandestins où ils s'embrassaient, s'enlaçaient en frémissant entre des portes mi-closes, ces instants angoissants, se mirent, comme des Bacchanales, à déborder de plaisir et d'angoisse mêlés.

Mais jamais ne lui fut accordée à lui, le soupirant, l'entière possession du corps aimé, qu'il sentait, passionnément cabré derrière la barrière de l'insensible robe, se presser pourtant nu et brûlant contre lui – jamais, dans cette maison très éclairée, toujours en éveil et où les murs avaient des oreilles, il ne l'approcha vraiment. C'est seulement le dernier jour, lorsqu'elle vint sous le prétexte de l'aider à faire ses bagages, en réalité pour lui dire un dernier adieu, dans sa chambre déjà rangée et, qu'irrésistiblement attirée, titubant sous la force de son élan, elle perdit l'équilibre et tomba contre l'ottomane, lorsque ses baisers à lui embrasaient déjà, sous sa robe défaite, sa poitrine cambrée, et parcouraient avidement sa peau blanche brûlante, jusqu'au point où son cœur, haletant, battait violemment contre lui, ce n'est qu'alors, lorsque, dans ces minutes d'abandon, le corps offert, elle était presque sienne, et alors seulement — qu'elle balbutia, se dérobant à son étreinte, un ultime et suppliant : « Pas maintenant ! Pas ici ! Je t'en prie. »

Et il avait le sang encore si obéissant, si assujetti au respect de la bien-aimée si long-temps sanctifiée, qu'il réprima encore une fois ses sens déjà en ébullition et s'écarta d'elle, qui, titubante, se levait en lui cachant son visage. Il resta frémissant et en lutte avec lui-même, contrarié comme elle et si visible-ment soumis à la tristesse de sa déception qu'elle sentit à quel point sa tendresse mal récompensée souffrait à cause d'elle. Alors elle s'approcha de lui, de nouveau pleinement maîtresse de ses sentiments, et le consola à voix basse : « Je n'avais pas le droit de le faire ici, pas dans ma maison, dans la sienne. Mais, lorsque tu reviendras, quand tu le voudras. »

Le train s'arrêta en crépitant, crissant sous l'effet du frein qu'on actionnait. Tel un chien s'éveillant sous un coup de fouet, son regard émergea de sa rêverie, mais — heureuse vision! — elle était bien assise là, la bien-aimée, celle qui avait été longtemps éloignée, elle était bien assise là, calme et à portée de son souffle. Le rebord de son chapeau ombrait légèrement son visage incliné vers l'arrière. Mais, comme si elle avait inconsciemment compris qu'il aspirait à voir sa figure, voilà qu'elle se redressait, et un doux sourire vint à sa rencontre. « Darmstadt », dit-elle en regardant à l'extérieur, « plus qu'une station. » Il ne répondit pas. Il était assis et ne faisait que la regarder. Temps impuissant, se dit-il, impuissance du temps face à nos sentiments : cela fait neuf ans et pas une inflexion de sa voix n'a changé, pas un nerf de mon corps ne l'écoute différemment. Rien n'est perdu, rien n'est révolu, sa présence est, comme autrefois, un tendre ravissement.

Il regarda avec passion sa bouche qui souriait en silence, il pouvait à peine se rappeler l'avoir embrassée un jour, il regarda ses mains, rayonnantes, négligemment posées sur ses genoux : son plus grand désir eût été de se courber jusqu'au sol et de les toucher de ses lèvres ou de les prendre dans les siennes, rien qu'une seconde, une seconde! Mais déjà les messieurs loquaces du compartiment commençaient à le toiser avec curiosité et, pour préserver son secret, il s'adossa de nouveau sans un mot. De nouveau ils se tinrent l'un en face de l'autre sans se faire signe ni se parler, et, s'ils s'embrassaient, ce n'était que du regard.

Dehors un sifflet strident retentit, le train se remit à rouler, et son oscillante monotonie, berceau d'acier, le fit tanguer, le replongeant dans ses souvenirs. Oh! Sombres et interminables années entre autrefois et aujourd'hui, mer grise entre deux rives, entre deux cœurs! Mais comment cela s'était-il passé? Un souvenir était là auquel il ne voulait pas toucher, qu'il ne voulait pas se rappeler, cette heure du dernier adieu, l'heure sur le quai de la même ville où il l'avait attendue aujourd'hui, le cœur dilaté. Non, au loin tout ceci, au diable tout cela, ne plus y penser, c'était trop affreux. C'est vers le passé, vers le passé, que voltigeaient ses pensées : un autre paysage, une autre époque se déployaient comme en rêve, aimantés par le rapide cliquetis cadencé des roues. C'est l'âme déchirée qu'il s'était rendu autrefois au Mexique, et les premiers mois, les premières effroyables semaines, avant qu'il n'eût reçu des nouvelles d'elle, il ne put les supporter qu'en se bourrant le cerveau de chiffres et de projets, en s'éreintant le corps à coups de chevauchées dans le pays et d'expéditions, de négociations et prospections interminables et pourtant menées résolument jusqu'à leur terme. De l'aurore jusqu'à la nuit il s'enfermait dans le hangar de son exploitation où l'on martelait des chiffres, parlait, écrivait, où l'on s'activait sans relâche, seulement pour entendre comment sa voix intérieure appelait un nom, son nom à elle. Il s'étourdissait de travail comme d'alcool ou de poison, seulement pour émousser les sentiments qui le dominaient. Mais chaque soir, quelle que fût sa fatigue, il s'asseyait pour consigner, page après page, tout ce qu'il avait fait pendant la journée, heure par heure, et, à chaque passage de la poste, il envoyait des piles entières de ces pages écrites d'une main tremblante à une fausse adresse convenue entre eux, afin que la lointaine bien-aimée pût partager chaque heure de sa vie exactement comme quand ils habitaient sous le même toit, et que lui sentît son doux regard, par-delà les milliers de lieues marines, de collines et d'horizons, se poser, compréhensif, sur son labeur quotidien. Les lettres qu'il recevait d'elle lui en savaient gré. D'une écriture droite et avec des mots paisibles, trahissant la passion, tout en gardant une forme réservée, elles racontaient avec sérieux, sans se plaindre, le déroulement de ses journées et c'était comme s'il sentait le bleu de son regard rassurant dirigé vers lui, seul son sourire y manquait, son sourire doucement apaisant, qui ôtait son poids à toute tâche ardue. Ces lettres étaient devenues l'eau et le pain du solitaire. Tout à sa passion, il les prenait avec lui lors de ses voyages à travers les steppes et les montagnes ; il s'était fait coudre des poches à sa selle afin de les protéger des averses soudaines et de l'humidité des fleuves qu'il leur fallait traverser pendant les expéditions. Il les avait lues si souvent qu'il les connaissait par cœur, mot pour mot, ouvertes si souvent que les parties pliées étaient devenues transparentes et que certains mots avaient été effacés par les baisers et les larmes. Parfois, quand il était seul et savait qu'il n'y avait personne alentour, il les sortait, pour les prononcer mot à mot avec son intonation à elle et conjurer ainsi l'absence de celle qui était loin. Parfois il se levait soudain dans la nuit, lorsqu'un mot, une phrase, une formule de conclusion lui échappait, il allumait sa lampe pour les retrouver et, pénétrant sa graphie, reconstituer en songe l'image de sa main, et à partir de la main, le bras, l'épaule, la peau, toute sa silhouette transportée jusqu'à lui par-delà les terres et les mers. Et tel un bûcheron dans la forêt vierge, il s'attaqua avec une fureur et une force guerrières au temps qui, sauvage et encore menaçant, impénétrable, lui faisait face, déjà impatient de les voir apparaître, elle, la perspective du retour, les heures de voyage, cette perspective, mille fois imaginée, de leur première étreinte de retrouvailles. Dans la maison de bois recouverte de tôle qu'on avait promptement construite dans la colonie ouvrière créée depuis peu, il avait accroché, au-dessus de son lit rudimentaire, un calendrier dont il rayait chaque soir, et souvent, par impatience, dès le midi, le jour écoulé et comptait et recomptait les lignes noires et rouges, de plus en plus courtes, représentant ceux qu'il avait encore à supporter : 420, 419, 418 jours jusqu'à son retour. Car il ne comptait pas, comme les autres hommes, depuis la naissance du Christ, à partir d'un commencement, mais toujours uniquement dans la perspective d'une heure précise, l'heure du retour. Et à chaque fois que ce laps de temps formait un chiffre rond, 400, 350 ou 300, ou que c'était son anniversaire, sa fête, ou l'une de leurs célébrations secrètes, comme par exemple le jour où il l'avait vue pour la première fois, ou celui où elle lui avait dévoilé ses sentiments – à chaque fois, il donnait une sorte de fête pour les gens autour de lui, qui, n'étant pas dans la confidence, s'étonnaient et se posaient des questions. Il offrait de l'argent aux enfants crasseux des métis et de l'eau-de-vie aux ouvriers, afin qu'ils exultassent et bondissent comme des poulains sauvages, il revêtait son habit du dimanche, faisait amener du vin et les meilleures conserves. Un drapeau flottait alors au vent, flamme de joie, au sommet d'un poteau élevé par ses soins, et des voisins et des auxiliaires arrivaient, curieux de savoir quel saint ou quelle singulière occasion il célébrait ; il se contentait alors de sourire et disait : « En quoi cela vous concerne-t-il ? Réjouissez-vous avec moi ! »

Des semaines et des mois s'écoulèrent ainsi, il passa un an et puis encore six mois à œuvrer comme un fou, il ne restait déjà plus que sept malheureuses petites semaines jusqu'à la date prévue pour son départ. Dans son impatience immodérée il avait planifié depuis longtemps la traversée en bateau et, au grand étonnement des employés, déjà réservé et payé intégralement, cent jours à l'avance, sa place en cabine sur l'*Arkansas* : c'est alors que survint le jour de la catastrophe qui non seulement piétina sans pitié son calendrier, mais déchiqueta, impassible, des millions de destins et de pensées. Jour de la catastrophe : tôt le matin, le géomètre, en compagnie de deux contremaîtres et suivi d'une troupe de serviteurs indigènes munis de chevaux et de mulets, avait quitté la plaine d'un jaune soufre et gagné les montagnes, afin d'explorer un nouveau site de forage où l'on supposait qu'il y avait du manganèse ; pendant deux jours, les métis martelèrent, creusèrent, cognèrent et fouillèrent, sous les traits verticaux d'un soleil implacable qui se réfléchissait à angle droit sur la pierre nue, pour aller à nouveau rebondir sur eux ; mais lui, comme un possédé, poussait ses ouvriers à continuer, n'accordait pas à sa langue assoiffée les cent pas qui la séparaient de la citerne promptement creusée − il voulait revenir à la poste, voir sa lettre, ses mots. Et lorsque, le troisième jour, la profondeur n'eut toujours pas été atteinte, et que l'essai ne se fut toujours pas avéré concluant, la passion insensée d'avoir de ses nouvelles, la soif de ses mots s'empara de lui à un degré de démence tel qu'il décida de chevaucher seul toute la nuit, uniquement pour aller chercher cette lettre, qui avait dû arriver la veille par la poste. Il abandonna, sans états d'âme, les autres dans leur tente et chevaucha toute la nuit, uniquement accompagné d'un serviteur, sur un sentier muletier, que l'obscurité rendait dangereux, jusqu'à la station de chemin de fer. Mais lorsque au matin ils firent enfin, sur les chevaux écumants, frigorifiés par le froid glacial des montagnes rocheuses, leur entrée dans le petit bourg, un spectacle inhabituel les surprit. Les quelques colons blancs avaient délaissé leur travail et, au milieu d'un essaim hurlant et interrogateur de métis et d'indigènes aux yeux bêtement écarquillés, ils encerclaient la station. Les deux hommes eurent beaucoup de mal à se frayer un passage à travers la cohue en émoi. Là-bas, ils apprirent de l'administration une nouvelle qu'ils n'auraient jamais soupçonnée. Des télégrammes étaient arrivés de la côte : l'Europe était en guerre, l'Allemagne contre la France, l'Autriche contre la Russie. Il ne voulait pas y croire, il éperonna si rageusement les flancs de sa rosse, qui renâclait, que l'animal effrayé fit une ruade en hennissant, et il fila vers le siège du gouvernement, pour y entendre des nouvelles qui l'atterrèrent encore plus : tout était exact et, plus fâcheux encore, l'Angleterre en déclarant aussi la guerre avait fermé les océans aux Allemands. Un rideau de fer entre les deux continents s'était abaissé, tranchant, pour un temps incalculable.

C'est en vain que, dans sa première fureur, il frappa de ses poings serrés sur la table, comme s'il voulait par là faire advenir l'impossible : ils étaient des millions d'hommes impuissants comme lui à se déchaîner contre le mur du destin, cette prison. Il envisagea aussitôt toutes les possibilités de traverser clandestinement l'océan, par la ruse, par la violence, de faire échec au destin, mais le consul anglais qui se trouvait là par hasard, et qui était de ses amis, le mit prudemment en garde, lui signifiant qu'il était contraint, à partir de maintenant, de surveiller ses allées et venues. Ainsi son unique consolation fut-elle l'espoir, bientôt démenti par des millions d'autres hommes, qu'une telle absurdité ne pourrait pas durer longtemps, que dans quelques semaines, quelques mois, cette mauvaise plaisanterie de diplomates et de généraux déchaînés prendrait fin, c'était inévitable. Et à cet espoir mince comme un fil, un autre élément insuffla bientôt une vigueur encore plus florissante, qui l'étourdit encore davantage : le travail. Par des dépêches câblées qui passaient par la Suède, sa firme lui confia pour mission de prévenir une possible mise sous séquestre, de rendre l'entreprise autonome, et de la diriger comme une compagnie mexicaine en s'aidant de quelques hommes de paille. Cela requérait, pour être mené à bien, une énergie extraordinaire, et la guerre, de son côté, cet impérieux entrepreneur, exigeait aussi du minerai extrait des mines, il fallait accélérer l'exploitation, intensifier l'activité. Cela tendait toutes ses forces, faisait bourdonner la moindre de ses pensées. Il travaillait douze heures, quatorze heures par jour avec un acharnement fanatique pour ensuite, le soir, assommé par cette avalanche de chiffres, trop épuisé pour rêver, et inconscient, s'écrouler sur son lit.

Et pourtant : alors qu'il s'imaginait encore

n'en jamais pouvoir aimer qu'une, les rets de sa passion se défirent peu à peu en lui. Il n'est pas dans la nature humaine de vivre, solitaire, de souvenirs et, de même que les plantes, et tous les produits de la terre, ont besoin de la force nutritive du sol et de la lumière du ciel, qu'ils filtrent sans relâche, afin que leurs couleurs ne pâlissent pas et que leur corolle ne perde pas ses pétales en fanant, ainsi, les rêves eux-mêmes, même ceux qui semblent éthérés, doivent se nourrir un peu de sensualité, être soutenus par de la tendresse et des images, sans quoi leur sang se fige et leur luminosité pâlit. C'est ce qui arriva aussi à cet être passionné, sans qu'il s'en aperçût — quand les semaines, les mois et finalement une année, puis une deuxième, s'écoulèrent sans que lui parvinssent un mot, un signe d'elle; alors son image commença peu à peu à s'estomper. Chaque jour consumé dans le travail déposait quelques petites poussières de cendre sur son souvenir; il rougeoyait encore, comme des braises sous le gril, mais, finalement, la couche grise ne cessait de s'épaissir. Il lui arrivait encore d'exhumer ses lettres, mais

59

leur encre avait pâli, leurs mots n'atteignaient plus son cœur, et un jour, il fut saisi d'effroi en voyant sa photographie, parce qu'il ne pouvait pas se rappeler la couleur de ses yeux. Et il ne recourait que de plus en plus rarement aux témoignages naguère si précieux, auxquels il prêtait une vie magique, déjà fatigué, sans le savoir, de son silence éternel, de cette discussion absurde avec une ombre qui ne lui donnait aucune réponse. Par ailleurs, l'entreprise, promptement mise sur pied, avait fait venir des gens, des compagnons, il chercha des amis et des femmes avec qui se lier. Et lorsqu'un voyage d'affaires, pendant la troisième année de la guerre, le conduisit dans la maison d'un Allemand, négociant en gros, à Veracruz, et qu'il y fit la rencontre de sa fille, silencieuse, blonde et femme d'intérieur née, il fut submergé par l'angoisse de rester indéfiniment seul au milieu d'un monde que la haine, la guerre et la folie des hommes menaient à sa perte. Il se décida dans l'heure et épousa la jeune fille. Puis vint un enfant, un second suivit, fleurs vivantes épanouies sur la tombe oubliée de son amour : à présent, la boucle était bouclée, à l'extérieur une bruyante activité, à l'intérieur le calme du foyer, et de l'homme d'autrefois, au bout de quatre ou cinq ans, il ne savait plus rien.

Mais arriva un jour, jour mugissant de carillons lancés à pleine volée, où les câbles télégraphiques frémirent et où, dans toutes les rues de la ville en même temps, des hurlements, des lettres grosses comme le poing, proclamèrent la nouvelle tant attendue de la conclusion de la paix, jour où les Anglais et les Américains qui étaient sur place claironnèrent à toutes les fenêtres, en poussant des hourras indélicats, l'anéantissement de sa patrie — ce jour-là, convoquée par tous les souvenirs d'un pays que sa récente infortune lui rendait de nouveau cher, cette silhouette ressurgit en lui, se frayant un passage jusqu'à son cœur. Qu'avait-il pu lui advenir durant toutes ces années de misère et de privations qu'ici, la presse prenait plaisir à détailler, avec une complaisante prolixité et une activité journalistique insolente ? Est-ce que sa maison, leur maison, avait été épargnée par les révoltes et les pillages, son mari, son fils, étaient-ils encore en vie ? Il se leva au milieu de la nuit laissant sa femme assoupie à ses côtés, il alluma sa lampe et écrivit cinq heures durant, jusqu'à l'aube, une lettre qui ne voulait pas s'achever, où, en un monologue avec lui-même, il lui racontait toute sa vie pendant ces cinq ans. Deux mois plus tard – il avait déjà oublié sa propre lettre – arriva la réponse : indécis, il soupesa dans ses mains l'enveloppe volumineuse, bouleversé à la simple vue de cette écriture intimement familière : il n'osait même pas briser le sceau, comme si, telle la boîte de Pandore, cet objet fermé recelait quelque chose d'interdit. Il la porta durant deux jours dans sa poche inté-rieure sans la décacheter : il sentait parfois son cœur battre tout contre. Mais cette lettre, enfin décachetée, etait à la fois dépourvue de toute familiarité importune et sans la moindre raideur formelle : dans ses paisibles tournures de phrases, il respira, soulagé, cette tendre inclination qui, depuis le début, le rendait si heureux chez elle. Son mari était mort au tout début de la guerre, elle n'osait presque pas s'en plaindre, car, ainsi, il lui avait été épargné de voir les dangers qu'avait courus son entreprise, l'occupation de sa ville et la misère de son peuple trop tôt enivré de ses victoires. Quant à elle et son fils, ils étaient en bonne santé. Comme elle se réjouissait d'avoir de bonnes nouvelles de lui, meilleures que ce qu'elle-même avait à raconter! Son mariage, elle l'en félicitait sans ambiguïté et avec dignité : malgré lui, c'est le cœur méfiant qu'il l'écouta, mais aucune dissonance dissimulée ou sournoise ne venait assourdir cette partition limpide. Tout était dit avec simplicité, sans aucune outrance ostentatoire, sans aucun attendrissement sentimental, tout le passé semblait purement et simplement dissous, se perpétuant sous la forme de la sympathie ; la passion semblait placée sous l'éclairage d'une pure amitié. Il n'en attendait pas moins de l'élégance de son cœur, mais, sensible à cette façon de procéder franche et sûre (tout d'un coup il lui semblait lire de nouveau dans son regard), grave et néanmoins souriant en écho à cette bonté, il fut envahi par une sorte de reconnaissance attendrie : il s'assit aussitôt, lui écrivit longuement et en détail, et l'habitude, longtemps contrariée, de se raconter leur vie fut reprise comme si de rien n'était – l'écroulement d'un monde n'avait rien réussi à détruire.

Il éprouvait désormais une profonde gratitude devant la courbe lumineuse de sa vie. Il avait réussi son ascension, l'entreprise prospérait, dans son foyer ses enfants grandissaient, tendres bourgeons se muant peu à peu en êtres facétieux doués de parole, qui lui lançaient des regards amicaux et égayaient ses soirées. Et du passé, de cet incendie de sa jeunesse, dans lequel ses nuits, ses journées s'étaient douloureusement consumées, ne parvenait plus qu'une lueur, une silencieuse et bonne lumière d'amitié, sans exigence ni péril. Et ce fut donc tout naturellement qu'il eut l'idée, lorsque deux ans plus tard, il fut chargé par une compagnie americaine de négocier à Berlin des brevets de chimie, d'échanger avec la bien-aimée de naguère, devenue l'amie d'aujourd'hui, un salut de vive voix. A peine arrivé à Berlin, la première chose qu'il fit dans son hôtel fut d'exiger d'être mis en relation par téléphone avec Francfort. Durant ces neuf ans, le numéro, fait symbolique à ses yeux, n'avait pas changé. Heureux présage, se dit-il, rien n'a changé. La sonnerie de l'appareil retentissait déjà insolemment sur la table quand soudain il se mit à trembler à l'idée qu'après des années et des années, il allait de nouveau entendre sa voix, projetée par-dessus les champs, les cultures, les maisons et les cheminées, appelée par la sonnerie, proche malgré tant d'années, d'eau et de terre. Et à peine avait-il dit son nom que soudain, dans un cri effrayant de stupéfiante surprise, son « Est-ce toi, Louis ? » s'élança vers lui, atteignant d'abord son ouïe, puis allant frapper plus bas, son cœur, où le sang soudain affluait — là, quelque chose l'incendia soudain : il eut du mal à poursuivre la conversation, le léger écouteur chancelait dans sa main. Ce ton effrayant et sonore qui trahissait chez elle la surprise, cette exclamation retentissante de joie, avait dû toucher quelque nerf caché de sa vie, car il sentit son sang bourdonner contre ses tempes, il eut du mal à comprendre ce qu'elle lui disait. Et à son insu, en dépit de lui, comme si quelqu'un le lui avait soufflé, il promit ce qu'il n'avait absolument pas l'intention de dire : qu'il viendrait le surlendemain à Francfort. Et ainsi c'en fut fini de sa tranquillité ; il expédia fébrilement ses affaires, se déplaça à toute vitesse en automobile pour achever ses négociations deux fois plus vite. Et lorsque, le lendemain matin au réveil, il se remémora son rêve de la nuit passée, il sut : pour la première fois depuis des années, depuis quatre années, il avait à nouveau rêvé d'elle.

Deux jours plus tard, tandis qu'il s'approchait de chez elle, le matin, après une nuit de gel – il s'était fait annoncer par télégramme – il remarqua soudain, en observant ses pieds : ce n'est pas ma démarche de là-bas, ferme, filant droit, assurée. Pourquoi est-ce que je marche de nouveau comme le jeune homme de vingt-trois ans, timide et angoissé, d'autrefois, qui, tout honteux, époussette encore une fois, de ses doigts tremblants, sa redingote râpée et ôte ses gants neufs avant d'appuyer sur la sonnette ? Pourquoi mon cœur se met-il tout d'un coup à battre, pourquoi suis-je pétrifié? Autrefois une intuition secrète me faisait sentir que le destin se dissimulait là, derrière ces portes de cuivre, pour s'emparer de moi, bienveillant ou hostile. Mais aujourd'hui, pourquoi faut-il que je courbe l'échine, pourquoi cette poussée d'inquiétude dissout-elle à nouveau tout ce qu'il y a de ferme et d'assuré en moi ? Il s'efforçait en vain de se rappeler les siens, d'évoquer sa femme, ses enfants, sa maison, son entreprise, le pays étranger. Mais tout cela s'évanouissait, comme emporté par une nuée spectrale : il se sentait seul, et comme figé dans la position du quémandeur, de l'enfant maladroit qu'il était quand il s'approchait d'elle. Et la main qu'à présent il posait sur la poignée de métal tremblait, était brûlante.

Mais à peine entré, le sentiment d'être un étranger disparut, car le vieux serviteur, amaigri et desséché, avait presque les larmes aux yeux. « Monsieur le Professeur », balbutia-t-il en réprimant un sanglot. Ulysse, dut penser celui qui partageait son émotion, les chiens de la maison te reconnaissent : la maîtresse du lieu te reconnaîtra-t-elle ? Mais déjà la tenture s'écartait, elle venait à sa rencontre les mains tendues Un instant, pendant lequel leurs mains s'étreignirent, ils se regardèrent. Parenthèse brève mais empreinte de magie où ils se comparèrent, se considérèrent, se jaugèrent, eurent des pensées enflammées, éprouvèrent un pudique ravissement — le bonheur des regards qui déjà recommençaient à se dissimuler Alors seulement l'interrogation se dissipa en un sourire, le regard, en un salut familier. Oui, c'était bien elle encore, certes un peu vieillie; à gauche une mèche argentée dessinait un arc à travers sa chevelure qu'une raie partageait toujours en deux bandeaux égaux; ce reflet argenté rendait encore plus silencieux, plus grave, son doux visage familier et il éprouvait la soif de ces interminables années, maintenant qu'il buvait cette voix, cette voix suave, que la douceur de son accent lui rendait si familière, et qui le saluait à présent d'un : « C'est si gentil de ta part d'être venu. »

Comme cette phrase résonna, pure et libre, telle la note claire d'un diapason : à présent la conversation avait trouvé son ton et son

rythme, les questions et les histoires se che-
vauchaient comme les deux mains sur un
clavier, sonores et éclatantes. Toute la pesan-
teur et l'appréhension accumulées s'évanoui-
rent au premier mot qu'elle prononça devant
lui. Mais à l'instant où elle se tut, plongée
dans ses pensées, les paupières baissées, son-
geuses, masquant ses yeux, glissa soudain en
lui comme une ombre, insidieuse, la question : « Est-ce que ce ne sont pas les lèvres
que j'ai embrassées ? » Et lorsque, appelée
pour un moment au téléphone, elle le laissa
seul dans la pièce, le passé l'assaillit sauvage-
ment de toutes parts. Tant que régnait sa
radieuse présence, cette voix incertaine se
tenait coite, mais à présent chaque fauteuil,
chaque tableau remuait doucement les lèvres
et, tous, ils s'adressaient à lui, inaudibles
chuchotements, compréhensibles et manifes-
tes pour lui seul. J'ai vécu dans cette maison,
ne put-il s'empêcher de penser, quelque
chose de moi y est resté, quelque chose de ces
années est encore là, je ne suis pas encore
complètement là-bas, pas encore complètement dans mon monde. Elle revint dans la

pièce, sereine, comme si de rien n'était, et les objets se tinrent cois de nouveau. « Tu resteras bien déjeuner, Louis », dit-elle avec le même naturel serein. Et il resta, il resta toute la journée à ses côtés ; leur conversation s'attacha à ces années passées, et elles ne lui avaient jamais paru aussi réelles que maintenant qu'il les racontait. Et lorsqu'il prit enfin congé, qu'il eut baisé sa douce main maternelle, et fermé la porte derrière lui, ce fut comme s'il n'était jamais parti.

Mais la nuit, seul dans une chambre d'hôtel inconnue, avec uniquement le tic-tac de l'horloge à côté de lui et, au milieu de sa poitrine, un cœur qui battait encore plus violemment, ce sentiment d'apaisement s'estompa. Incapable de dormir, il se leva et alluma sa lampe, puis l'éteignit de nouveau pour rester allongé sans dormir. Il ne pouvait s'empêcher de penser sans cesse à ses lèvres, ses lèvres qu'il avait connues d'une autre manière que lors de cette paisible conversation familière. Et il sut tout d'un coup que tout ce bavardage placide n'était qu'un mensonge, qu'il y avait encore dans leur relation quelque chose de refréné et d'irrésolu et que toute cette amitié n'était qu'un masque plaqué sur un visage nerveux, changeant, troublé par l'inquiétude et la passion. Trop longtemps, pendant trop de nuits, autour du feu de camp, là-bas, dans son baraquement, trop d'années, trop de jours, il s'était imaginé autrement ces retrouvailles — ils se jetaient dans les bras l'un de l'autre, s'enlaçaient fiévreusement, sa robe à ses pieds, elle s'offrait tout entière — pour que cette façon d'être amis, de bavarder poliment et de refaire connaissance, pût être tout à fait sincère. Comédien, se dit-il, et comédienne, l'un envers l'autre, mais personne ne trompe l'autre pourtant. Elle dort certainement tout aussi peu que moi cette nuit.

Lorsqu'il arriva chez elle le lendemain matin, le trouble, l'agitation qui émanaient de lui, son regard fuyant, durent la frapper d'emblée, car la première parole qu'elle prononça fut confuse, et, par la suite, elle ne retrouva plus l'insouciant équilibre de sa conversation. Elle jaillissait, puis retombait, il y avait des pauses et des tensions qu'il fallait chasser dans un sursaut de violence. Il y avait quelque chose entre eux, un obstacle invisible, auquel leurs questions et leurs réponses se heurtaient comme des chauves-souris à un mur. Et tous deux le sentaient, ils passaient sans arrêt d'un sujet à l'autre, et finalement, dans le vertige provoqué par ces paroles prudentes qui ne menaient nulle part, la conversation s'essouffla. Il s'en aperçut à temps et prétexta, lorsqu'elle lui proposa de nouveau de rester déjeuner, un entretien urgent en ville.

Elle le déplora sincèrement, et, à ce moment-là, la timide chaleur de son cœur osa de nouveau s'exprimer dans sa voix. Mais néanmoins, elle n'alla pas jusqu'à le retenir. Tandis qu'elle le raccompagnait, ils se lancèrent des regards anxieux. Quelque chose irritait leurs nerfs, la conversation ne cessait de buter sur cette chose invisible, qui les accompagnait au fil des pièces, au fil des mots et qui, à présent, commençait, avec une violence croissante, à les empêcher de respirer. Aussi fut-ce un soulagement lorsque, son manteau déjà sur les épaules, il se retrouva devant la porte. Mais tout d'un coup il se retourna, résolu. « A vrai dire, je voulais encore te demander quelque chose, avant de m'en aller. » « Me demander quelque chose, tout ce que tu veux ! » dit-elle en souriant, à nouveau illuminée de joie à l'idée de pouvoir exaucer un de ses désirs.

« C'est peut-être idiot », dit-il, le regard hésitant, « mais tu peux comprendre, cela me ferait plaisir de revoir ma chambre, la chambre où j'ai habité deux ans. Je suis resté en bas, dans les salles de réception, les pièces destinées aux étrangers. En vieillissant, on cherche sa propre jeunesse et on éprouve des joies stupides à partir de petits souvenirs. »

« Toi, vieillir, Louis », répliqua-t-elle, s'emportant presque, « ce que tu peux être présomptueux ! Regarde-moi plutôt, tu vois cette mèche grise dans mes cheveux ? Tu es encore un gamin comparé à moi et tu veux déjà parler de la vieillesse : laisse-moi donc ce petit privilège ! Mais quel oubli de ma part, de ne pas t'avoir tout de suite conduit dans ta chambre, car c'est bien toujours ta chambre. Tu n'y trouveras rien de changé : dans cette maison, rien ne change. »

« Toi non plus, j'espère », dit-il, tentant de plaisanter, mais lorsqu'elle le regarda, ses yeux s'emplirent malgré lui de tendresse et de chaleur. Elle rougit légèrement. « On change, mais on reste la même personne. »

Ils montèrent dans sa chambre. Dès qu'ils entrèrent, se produisit un événement quelque peu embarrassant : en ouvrant, elle s'était effacée pour le laisser passer, et comme au même moment il fit le même mouvement dicté par une politesse réciproque, leurs épaules se heurtèrent une seconde dans l'encadrement de la porte. Effrayés, ils reculèrent tous deux, malgré eux, mais déjà, ce frôlement, si fugace qu'il fût, entre leurs deux corps, suffit à les embarrasser. Sans un mot, ils furent enveloppés d'une gêne qui les paralysa, d'autant plus sensible dans cette pièce inoccupée et silencieuse : elle se précipita nerveusement vers le cordon de la fenêtre pour relever les rideaux et laisser entrer plus de lumière sur l'obscurité feutrée des choses. Mais dès qu'un brusque jet de lumière crue fit irruption dans la pièce, ce fut comme si les objets étaient soudain doués d'un regard et, inquiets, effrayés, s'animaient. Tous, ils s'avançaient, éloquents, porte-parole importuns d'un souvenir. Ici, l'armoire, que sa main prévenante avait toujours discrètement mise en ordre pour lui, là-bas, la bibliothèque qui s'était méthodiquement remplie selon ses désirs les plus fugaces – parlant un langage plus voluptueux encore – le lit, qui renfermait, il le savait, sous sa couverture déployée, un nombre incalculable de ses rêves. Dans le coin, là-bas – cette pensée l'atteignit, ardente – l'ottomane, où autrefois elle s'était refusée à lui : partout il sentait, ravivés par sa passion désormais brûlante, incandescente, des signes et des messages qui venaient d'elle, de cette femme qui était à côté de lui, respirant en silence, violemment étrangère, le regard détourné, insaisissable. Et ce silence qui régnait depuis des années, épais et accumulé dans cette pièce, enflait désormais considérablement, comme effrayé par la présence d'êtres humains ; il ressentait un poids qui oppressait ses poumons et son cœur accablé. Il fallait dire quelque chose maintenant, il fallait que quelque chose chassât ce silence, pour éviter qu'il ne les broyât – ils le sentaient tous les deux. Et c'est ce qu'elle fit – se retournant soudain.

« C'est exactement comme autrefois, n'est-ce pas », commença-t-elle à dire, avec la ferme volonté de prononcer des mots neutres, anodins (et pourtant sa voix tremblait, comme voilée). Mais il refusa que la conversation prenne cette tournure conciliante, et serra les dents.

« Oui, tout », mais soudain, une colère violente fit irruption et, amer, il ne put réprimer ces paroles : « Tout est comme autrefois, sauf nous, sauf nous ! »

Ce fut comme une morsure, elle reçut ces paroles de plein fouet. Effrayée, elle se retourna.

« Qu'entends-tu par là, Louis ? » Mais elle ne trouva pas son regard. Car ses yeux s'étaient détachés des siens, et, vides d'expression et intenses à la fois, ils fixaient ses lèvres, ces lèvres que depuis des années il n'avait pas touchées et qui jadis s'étaient pourtant embrasées, cette chair contre sa chair, ces lèvres qu'il avait pénétrées, ce fruit humide. Gênée.

elle comprit la sensualité de ce regard, son visage s'empourpra, la rajeunissant comme par magie, et il lui sembla qu'elle était soudain la même qu'autrefois, à l'heure de l'adieu dans cette chambre. Pour se dérober à ce regard accaparant et dangereux, elle essaya encore de faire comme si elle ne comprenait pas ce qui était pourtant évident.

« Qu'entends-tu par là, Louis ? » répétat-elle, mais c'était davantage une prière de ne pas s'expliquer qu'une question appelant une réponse.

Il fit alors un mouvement décidé et ferme, son regard, fort, viril, s'empara du sien. « Tu ne veux pas comprendre, mais je sais que tu comprends. Te souviens-tu de cette chambre — et te souviens-tu de ce que tu m'as promis… lorsque je reviendrais… »

Ses épaules tremblaient, elle essaya encore d'éluder : « Laisse cela, Louis… ce sont de vieilles histoires, n'y touchons pas. Ce temps-là, où est-il ? »

« Il est en nous, ce temps-là », répondit-il, inflexible, « dans notre volonté. J'ai attendu neuf ans, sans mot dire. Mais je n'ai rien oublié. Et je te le demande, t'en souviens-tu encore ? »

« Oui », elle le regardait, apaisée. « Moi non plus je n'ai rien oublié. »

« Et as-tu l'intention » — il dut reprendre haleine, pour retrouver la force de parler — « as-tu l'intention d'honorer ta promesse ? »

Elle s'empourpra de nouveau, cette fois-ci jusqu'à la racine des cheveux. Apaisante, elle s'avança vers lui : « Louis, enfin, raisonne-toi ! Tu as dit que tu n'avais rien oublié. Mais n'oublie pas que je suis une vieille femme. Avec des cheveux gris, on n'a plus rien à souhaiter, on n'a plus rien à donner. Je t'en prie, laisse le passé où il est. »

Mais à ces mots, l'envie lui vint d'être dur et résolu. « Tu te défiles », lui dit-il, la poussant dans ses retranchements, « mais j'ai attendu trop longtemps, je te le demande, te souviens-tu de ta promesse ? »

Sa voix se brisait à chaque mot : « Pourquoi me demandes-tu cela ? Cela n'aurait pas de sens, de te le dire maintenant, il est trop tard. Mais si tu l'exiges, je vais te répondre. Je n'aurais jamais pu te refuser quoi que ce soit, je t'ai toujours appartenu, depuis le jour où je t'ai connu. »

Il la regarda : comme elle était loyale, même dans son trouble, comme elle était pure, authentique, sans lâcheté, sans faux-fuyants, toujours la même, la bien-aimée, miracle de constance, à chaque instant, fermée et ouverte à la fois. Il ne put s'empêcher d'avancer vers elle, mais devant ce mouvement impétueux, elle se déroba aussitôt, suppliante.

« Viens maintenant, Louis, viens, ne restons pas ici, descendons ; il est midi, la femme de chambre peut arriver à tout moment, nous ne pouvons pas rester ici plus longtemps. »

Et la violence qui émanait d'elle fit ployer sa volonté, et il lui obéit sans un mot, exactement comme autrefois. Ils descendirent dans la salle de réception, traversèrent le vestibule jusqu'à la porte, sans hasarder une parole, sans se regarder. Devant la porte, il se tourna soudain vers elle.

« Je ne peux pas te parler maintenant, pardonne-moi. Je t'écrirai. »

Elle lui sourit, reconnaissante. « Oui, écris-moi, Louis, c'est mieux ainsi. »

Et à peine arrivé dans sa chambre d'hôtel, il se précipita à son bureau et lui écrivit une longue lettre, dont chaque mot, chaque page, lui étaient dictés par cette passion brutalement réprimée. C'était sa dernière journée en Allemagne pour des mois, pour des années, peut-être pour toujours, et il ne voulait, il ne pouvait pas la quitter ainsi, sur ce mensonge, cette froide conversation, la contrainte affectée de cet entretien mondain, il voulait, il devait lui parler une fois encore, seul, loin de la maison, de l'angoisse, du souvenir et de l'oppression de ces pièces qui les épiaient, les séparaient. Et il lui proposait donc de prendre avec lui le train du soir pour Heidelberg, où ils avaient brièvement séjourné tous les deux, dix ans plus tôt, alors qu'ils étaient encore étrangers l'un à l'autre, et pourtant déjà mus par le pressentiment de leur intime connivence : mais aujourd'hui ce devait être un adieu ; c'était là son dernier, son plus profond désir. Cette soirée, cette nuit, il les exigeait encore d'elle. Il scella sa lettre à la hâte, et la fit porter chez elle par un messager. Un quart d'heure plus tard, l'homme était déjà de retour, tenant une petite enveloppe qui portait un sceau jaune. Il s'en saisit d'une main tremblante, elle ne contenait qu'un billet, quelques mots de son écriture ferme et résolue, tracés à la hâte mais sans hésitation :

« C'est une folie, ce que tu demandes, mais je n'ai jamais rien pu te refuser, et je ne le pourrai jamais ; je viens. »

Le train ralentit sa course, une station aux lumières scintillantes le contraignait à réduire son allure. Le rêveur releva machinalement les yeux, délaissant ses pensées pour regarder autour de lui, et chercha à percer l'obscurité, à reconnaître, penchée vers lui, la silhouette de son rêve, tout alanguie dans la pénombre. Oui, elle était bien là, celle qui lui avait toujours été fidèle, qui l'aimait en silence, elle était venue, avec lui, à lui – il ne se lassait pas d'embrasser ce qu'il pouvait saisir de sa présence. Et comme si quelque chose en elle avait senti cette quête de son regard, cette timide et lointaine caresse, voilà qu'elle se redressait et regardait à travers la vitre ; un paysage incertain défilait, que l'humidité et l'obscurité printanière rendaient semblable à de l'eau étincelante.

« Nous allons bientôt arriver », dit-elle comme pour elle-même.

« Oui », il soupira profondément, « cela a duré si longtemps. »

Il ne savait pas lui-même, en prononçant cette plainte impatiente, s'il faisait allusion au trajet, ou à toutes les longues années qui aboutissaient à cette heure : la confusion entre rêve et réalité le déroutait. Il ne sentait qu'une chose, le cliquetis des roues qui filaient sous lui, vers quelque chose, un certain moment, que, du fond d'une étrange torpeur, il n'arrivait pas à discerner. Non, il ne fallait pas y penser, juste se laisser emporter par une puissance invisible, abandonné, les membres détendus, en attente de quelque chose de mystérieux. C'était une sorte de veillée nuptiale, suave et sensuelle et à laquelle pourtant se mêlaient aussi obscurément l'angoisse de l'accomplissement, ce frisson mystique qui vous prend, quand, soudain, ce à quoi on a infiniment aspiré devient palpable, s'approche d'un cœur qui n'ose y croire. Non, pour le moment, ne penser à rien, ne rien vouloir, ne rien désirer, juste rester ainsi, entraîné vers l'incertain comme vers un rêve, porté par un flux inconnu, percevant à peine son corps, s'en tenant à un désir sans but, ballotté par le destin et en plein accord avec soi-même. Juste rester ainsi, des heures encore, une éternité, dans ce crépuscule prolongé, nimbé de rêves : mais déjà, comme une légère appréhension, la perspective d'une fin imminente se profilait.

Les étincelles électriques de la vallée voltigeaient, comme des lucioles, çà et là, de tous côtés, de plus en plus lumineuses, des réverbères défilaient en une double rangée rectiligne, les rails cliquetaient, et, dans l'obscurité, émergeait une coupole de fumée blême.

« Heidelberg », dit l'un des messieurs aux deux autres en se levant. Ils s'emparèrent tous trois de leurs imposants sacs de voyage et se précipitèrent hors du compartiment, pour être les premiers à sortir. Déjà, en freinant aux abords de la gare, les roues crépitaient par à-coups, il y eut une secousse brusque, la vitesse diminua, une dernière fois les roues gémirent comme un animal qu'on torture. Pendant une seconde, ils se retrouvèrent tous deux en tête-à-tête, comme effrayés par l'irruption de la réalité.

« Sommes-nous déjà arrivés ? » Son ton trahissait son angoisse.

« Oui », répondit-il et il se leva. « Puis-je t'aider ? » Elle refusa et sortit du compartiment à la hâte. Mais elle s'immobilisa sur le marchepied du wagon : comme devant de l'eau glaciale, son pied hésita un moment à descendre. Puis elle s'élança, il la suivit sans rien dire. Et tous deux se retrouvèrent ensuite sur le quai l'un à côté de l'autre, désemparés, étrangers, meurtris, et la petite valise pesait dans sa main. C'est alors que, se remettant en route, la machine expulsa soudain sa fumée à côté d'eux, aveuglante. Elle tressaillit, puis le dévisagea, blême, le regard troublé et hésitant.

« Qu'as-tu ? » lui demanda-t-il.

« C'est dommage, c'était si beau. On est allés si vite. J'aurais aimé que ça continue des heures et des heures. »

Il se tut. Il avait eu la même pensée à cette seconde. Mais c'était du passé désormais : il fallait que quelque chose survienne. « Et si nous y allions ? » demanda-t-il prudemment.

« Oui, oui, allons-y », murmura-t-elle, à peine audible. Mais ils restèrent tous deux immobiles, désunis, comme si quelque chose était brisé en eux. C'est alors seulement (il oublia de lui prendre le bras) qu'ils se dirigèrent indécis et troublés, vers la sortie

Ils sortirent de la gare, mais à peine passée la porte, un grondement les assaillit comme une tempête, scandé par des tambours, traversé de sifflets stridents, vacarme imposant, retentissant – une manifestation patriotique d'associations d'anciens combattants et d'étudiants. Mur mouvant orné de drapeaux, se succédant par rangées de quatre, des hommes à l'allure militaire marchaient au pas de parade, en cadence, comme un seul homme, la nuque raide, rejetée en arrière – résolution violente – la bouche grande ouverte, pour chanter, une voix, un pas, une cadence. Aux premiers rangs, des généraux, sommités chenues, couverts de décorations, flanqués d'une organisation de jeunesse, portaient à la verticale, avec une raideur athlétique, des drapeaux gigantesques, têtes de mort, croix gammées, vieilles bannières de l'Empire, flottant au vent, ils bombaient le torse, le front rejeté en avant, comme s'ils avançaient à la rencontre de batteries ennemies. Comme mues par un poing tacticien, les masses marchaient, géométriques, ordonnées, tout en maintenant entre elles une distance comme mesurée avec l'exactitude d'un compas et en surveillant leur pas, chaque nerf tendu par la gravité, le regard menaçant, et à chaque fois qu'une nouvelle rangée – vétérans, groupe de jeunes, étudiants – arrivait le long de l'estrade surélevée, où, sans relâche, les coups de tambours s'abattaient en rythme sur l'acier d'une enclume invisible, un même geste de la tête parcourait la foule avec une raideur toute militaire : les nuques se tournaient d'une même volonté, d'un même mouvement, vers la gauche, les drapeaux s'agitaient, comme arrachés à leur cordon, devant le chef qui, le visage pétrifié, accueillait la parade des civils, inflexible. Imberbes, pubères ou ravagés par les rides, ouvriers, étudiants, soldats ou enfants, ils avaient tous, à cet instant, le même visage traversé du même regard de colère, décidé et dur, le menton en avant en signe de défi et ils faisaient mine de brandir une épée. Et, de troupe en troupe, la cadence saccadée des tambours, d'autant plus exaltante dans sa monotonie, ne cessait de marteler les dos avec rigueur, les yeux avec dureté — forge de la guerre, de la vengeance, dressée, invisible, sur une place paisible, dans un ciel que survolaient avec suavité des nuages.

« Folie », balbutia-t-il à part lui, stupéfait, pris de vertige. « Folie ! Que veulent-ils ? Une fois de plus, une fois de plus ? »

Une fois de plus cette guerre qui venait de détruire toute sa vie ? Saisi d'un frisson inconnu il scruta ces jeunes visages, examina cette masse qui cheminait, noire, en rangs par quatre, cette pellicule cinématographique qui défilait, par segments, surgissant de l'étroit passage d'une boîte obscure, et chaque visage aperçu était figé dans cette même expression d'amertume résolue – une menace, une arme. Pourquoi cette menace brandie avec fracas par une douce soirée de juin, martelée dans une ville qui invitait à l'aimable rêverie?

« Que veulent-ils? Que veulent-ils? » Cette question ne cessait de le prendre à la gorge. Il venait de goûter à nouveau à un monde harmonieux, limpide comme le cristal, ensoleillé de tendresse et d'amour, il venait de s'enfoncer dans une mélodie de bonté et de confiance, et soudain cette masse piétinait tout d'un pas d'airain, avec ses ceinturons, ses mille voix, ses mille individus qui n'exhalaient pourtant qu'une seule chose, dans leurs cris et leurs regards : la haine, la haine, la haine.

Il lui saisit machinalement le bras, pour sentir quelque chose de chaud, l'amour, la passion, la bonté, la pitié, un doux sentiment d'apaisement, mais les tambours réduisaient en miettes le calme qui était en lui, et maintenant que ces milliers de voix entonnaient toutes ensemble, tonitruantes, un chant militaire incompréhensible, que la terre tremblait sous le pas frappé en cadence, que dans l'air éclataient les hourras de ces escouades gigantesques, c'était comme si quelque chose de tendre et d'harmonieux se brisait en lui au contact de l'impétueux grondement de la réalité qui s'avançait avec fracas.

Un frôlement tout contre lui l'effraya : de ses doigts gantés, elle l'engageait à ne pas crisper les siens avec une telle brutalité. Il tourna vers elle son regard captivé par le défilé – elle le regardait, suppliante, sans un mot, il se sentit doucement tiré par le bras.

« Oui, allons-y », murmura-t-il en se ressaisissant, il redressa ses épaules comme pour se défendre contre un ennemi invisible et se fraya un passage à travers ce magma humain, par chance immobilisé, qui, bouche bée comme lui, regardait fasciné la marche ininterrompue des légions. Il ne savait pas vers quoi il se dirigeait : sortir de cet assourdissant tumulte, s'éloigner d'ici, de cet endroit, où un mortier bruyant pilonnait, dans une cadence implacable, tout ce qu'il y avait de délicat et de rêveur en lui. Etre loin, être seul avec elle, l'unique, enveloppés par l'obscurité, sous un toit, sentir sa respiration, se noyer dans son regard pour la première fois depuis dix ans sans être épié, sans être dérangé, jouir pleinement de cet isolement, qu'il avait imaginé dans d'innombrables rêves et qui était déjà presque charrié au loin par cette vague humaine, tourbillonnante, faite de cris et de pas, qui ne cessait de se renouveler. Son regard examinait avec angoisse les maisons, toutes ornées de drapeaux ; sur certaines, des lettres d'or signalaient des maisons de commerce, sur d'autres, des auberges. Tout à coup il sentit le léger tiraillement de la petite valise dans sa main, lui suggérant de s'arrêter quelque part, n'importe où, pour être chez soi, seuls ! S'acheter une poignée de tranquillité, quelques mètres carrés ! Et en guise de réponse le nom étincelant d'or d'un hôtel s'afficha, sur une haute façade de pierres, exhibant sa porte vitrée à tambour. Son pas ralentit, son souffle devint court. Il resta immobile, presque interdit, d'un geste involontaire, il lui lâcha le bras. « Ce doit être un bon hôtel, on me l'a recommandé », balbutia-t-il. Sa nervosité, son embarras l'avaient fait mentir.

Elle recula, effrayée, le sang afflua à son visage blême. Ses lèvres bougeaient et voulaient dire quelque chose — peut-être la même chose qu'il y a dix ans, son exclamation épouvantée : « Pas maintenant ! Pas ici ! »

Mais elle vit son regard dirigé vers elle, angoissé, hagard, anxieux. Et elle inclina la tête en signe d'acquiescement tacite et, découragée, le suivit à petits pas jusqu'à l'entrée

Dans un coin de la réception, une casquette de couleur sur la tête, et l'air important d'un capitaine de navire responsable de la vigie, un concierge se tenait, désœuvré, derrière son bureau. Il ne fit pas un pas vers les nouveaux venus, qui entraient en hésitant, il se contenta d'effleurer d'un regard fugace, déjà méprisant, prompt à évaluer, la petite valise de toilette. Il attendait, et il fallut aller vers lui, tout d'un coup il avait l'air très occupé à compulser les pages du gigantesque registre. Il attendit que le nouvel arrivant soit juste devant lui, pour lever sur celui-ci un regard sec, l'examinant avec une froide sévérité : « Ces Messieurs Dames ont-ils réservé ? » Et quand, presque honteux, on lui eut dit que non, il se remit à feuilleter en guise de réponse. « Je crains que nous ne soyons complets. Nous avions aujourd'hui un salut au drapeau, mais – », ajouta-t-il, affable, « je vais voir ce qu'on peut faire. »

Pouvoir lui en coller une, à cet adjudant galonné, se dit-il amèrement, humilié, me voici redevenu le mendiant, l'obligé, l'intrus, pour la première fois depuis dix ans. Mais entre-temps le présomptueux concierge avait achevé sa vérification cérémonieuse. « La 27 vient juste de se libérer, c'est une chambre avec un grand lit, si ça vous intéresse. » Plus qu'à dire, dans un grognement étouffé, un rapide « Bien », et déjà de sa main inquiète il s'emparait de la clé qu'on lui tendait, impatient de voir des murs silencieux s'interposer entre cet homme et lui. Mais la voix sévère, derrière lui, revint à la charge : « Le registre, s'il vous plaît », et on lui présenta une feuille rectangulaire, divisée en dix ou douze rubri-

ques, à remplir, état, nom, âge, lieu de naissance, de résidence, et nationalité, ces questions importunes de l'administration aux êtres
humains. Cette tâche qui lui répugnait, il
l'accomplit en un tour de main : mais, lorsqu'il lui fallut inscrire son nom à elle, et que,
mensongèrement, il en fit sa femme (ce qui
avait été naguère son vœu le plus secret), son
léger crayon trembla, maladroit, dans sa main.
« Ici encore : la durée du séjour », réclama
l'implacable concierge, vérifiant ce qui avait
été écrit, et il pointa de son doigt charnu la
rubrique encore vide. « Un jour », inscrivit le
crayon avec colère : excédé, il sentait que son
front devenait moite, il dut ôter son chapeau,
tant cet air étranger l'oppressait.

« Premier étage à gauche », expliqua, ac-
courant prestement à son secours, un valet
zélé, au moment où, épuisé, il se détournait.
Mais c'est elle seulement qu'il cherchait :
pendant toute la procédure, elle s'était tenue
immobile, feignant de l'intérêt pour une
affiche qui annonçait un récital de Schubert
interprété par une chanteuse inconnue, et,
tandis qu'elle restait ainsi immobile, un

frisson courut le long de ses épaules, comme le vent sur une prairie. Il remarqua sa fébrilité dominée a grand-peine et il eut honte : pourquoi l'ai-je arrachée à sa tranquillité pour l'amener ici ? pensa-t-il malgré lui. Mais on ne pouvait plus revenir en arrière. « Viens », insista-t-il à voix basse. Sans le regarder, elle détacha les yeux de l'affiche sombre et monta les escaliers d'un pas lourd : comme une vieille femme, ne put-il s'empêcher de penser.

Il n'y avait pensé qu'une seconde, tandis qu'elle montait avec peine, en tenant la rampe, les quelques marches, et il avait aussitôt repoussé cette pensée hideuse. Mais cette sensation violemment rejetée laissa une empreinte froide et douloureuse.

Ils étaient enfin arrivés dans le couloir : une éternité, ces deux minutes de silence. Une porte était ouverte, c'était leur chambre : la femme de chambre était encore en train d'y passer le chiffon et le balai. « Un instant, j'ai bientôt fini », s'excusa-t-elle, « la chambre vient d'être libérée, mais ces messieurs dames peuvent entrer, je n'ai plus qu'à mettre des draps propres. »

Ils entrèrent. Dans cette pièce fermée, l'air était vicié, épais et douceâtre, cela sentait le savon à l'huile d'olive et la fumée de cigarette froide, on percevait encore la trace indistincte d'étrangers.

Effronté et peut-être encore chaud de présence humaine, le lit double trônait au milieu, défait, il indiquait clairement le sens et la destination de cette pièce ; cette évidence l'écœura : il fuit malgré lui vers la fenêtre et l'ouvrit d'un coup ; un air moite, indolent, mêlé au vacarme confus de la rue, s'immisça le long des rideaux qui se balancèrent, ramenés en arrière. Il demeura devant la fenêtre ouverte et regarda, attentif, les toits que l'obscurité gagnait déjà : comme cette chambre était hideuse, comme on avait honte d'être ici, comme elles étaient décevantes, ces retrouvailles ardemment désirées depuis des années, qu'ils n'avaient ni l'un ni l'autre voulues d'une si brutale, d'une si impudente crudité ! Il reprit sa respiration trois, quatre, cinq fois — il compta — regardant au-dehors, sans avoir le courage de dire le premier mot ; et puis non, ça n'allait pas, il se força à se retourner. Et, tout comme il l'avait pressenti, comme il l'avait redouté, elle se tenait pétrifiée dans son cache-poussière gris, les bras ballants, comme cassés, au milieu de la pièce, comme une chose qui n'avait rien à faire ici et que seul un violent hasard, une méprise, avait conduite dans cette pièce répugnante. Elle avait ôté ses gants, manifestement pour les poser, mais il n'y avait aucun endroit de cette chambre où cela ne la dégoûtât pas de le faire : aussi se balançaient-ils, écorces vides, dans ses mains. Ses yeux s'étaient figés, comme derrière un voile : au moment où il se retourna, un flot de larmes s'en échappa. Il comprit. « Et si » — sa voix trébucha, son souffle avait été trop longtemps réprimé — « et si nous allions nous promener encore un peu ?... On étouffe ici ! »

« Oui... oui. » Le mot jaillit d'elle comme une délivrance — dénouement de cette angoisse. Et déjà sa main agrippait la poignée de la porte. Il la suivit plus lentement et il vit : ses épaules tremblaient comme celles d'un animal qui vient d'échapper à des griffes mortelles.

La rue attendait, chaude et envahie par les gens, son flux était encore mû par l'impétueux sillage du défilé militaire – ils bifurquèrent donc vers des rues plus tranquilles, vers le chemin boisé, le même qui les avait menés dix ans plus tôt, lors d'une excursion dominicale, au château. « Te souviens-tu, c'était un dimanche », dit-il à voix haute, malgré lui, et elle, que hantait manifestement le même souvenir, répondit à voix basse. « Je n'ai rien oublié de ce que j'ai fait avec toi. Otto marchait avec son camarade, ils filaient si fougueusement – nous avons failli les perdre. Je l'appelais, je le suppliais de bien vouloir revenir. A contrecœur, car je mourais d'envie d'être seule avec toi. Mais à cette époque-là nous étions encore des étrangers l'un pour l'autre. »

« Comme aujourd'hui », dit-il, essayant de plaisanter. Mais elle resta de marbre. Je n'aurais pas dû dire cela, sentit-il confusément : qu'est-ce qui me pousse à toujours comparer aujourd'hui et autrefois. Mais pourquoi aucun mot ne me réussit-il aujourd'hui auprès d'elle : ce que nous avons vécu autrefois, le temps passé, ne cesse de s'y immiscer.

Ils gravirent les hauteurs en silence. En contrebas, les maisons faiblement éclairées s'estompaient déjà; depuis le crépuscule de la vallée, la courbe du fleuve s'étirait, toujours plus lumineuse, tandis qu'en haut, les arbres embaumaient et que l'obscurité s'abattait sur eux. Ils ne croisaient personne, seules leurs ombres glissaient en silence devant eux. Et chaque fois qu'un réverbère éclairait leurs silhouettes à l'oblique, leurs ombres se mêlaient, comme si elles s'embrassaient; elles s'allongeaient, comme aspirées l'une vers l'autre, deux corps formant une même silhouette, se détachaient encore, pour s'étreindre à nouveau, tandis qu'eux-mêmes marchaient, las et distants. Il regardait, comme en exil, ce jeu étrange, la fuite suivie d'une étreinte sitôt défaite de ces silhouettes sans âme, de ces corps ombreux, qui n'étaient pourtant que le reflet des leurs, il regardait avec une curiosité maladive se dérober et se rejoindre ces figures inconsistantes, et il en oubliait presque celle qui était bien vivante à côté de lui, au profit de son image noire, glissante et fuyante. Il ne pensait à rien de précis et sentait néanmoins confusément que ce jeu cherchait à lui dire quelque chose, il ignorait quoi, quelque chose de profondément enfoui en lui, comme une source, et qui jaillissait avec violence maintenant que le souvenir s'y aventurait, brusque et menaçant, pour aller y puiser. Mais qu'était-ce donc ? — Il se concentra, que cherchaient à lui dire ces ombres qui cheminaient, dans ce bois qui s'endormait : ce devait être des paroles, une situation, une expérience vécue, entendue, ressentie, comme enveloppée dans une mélodie, une chose enfouie tout au fond de lui, qu'il n'avait pas perçue depuis des années.

Et cela éclata soudain, éclair déchirant l'obscurité du souvenir : c'était bien des paroles, un poème qu'un soir elle lui avait lu dans sa chambre. Un poème, un poème français, il en connaissait chaque mot, et, comme apportés par un vent brûlant, ils étaient là tout d'un coup sur ses lèvres, il entendit, à une décennie de distance, prononcés par sa voix à elle, ces vers oubliés d'un poème étranger :

Dans le vieux parc solitaire et glacé
Deux spectres cherchent le passé

Et à peine ces vers eurent-ils fusé dans sa mémoire, que toute la scène lui revint comme par magie : la lampe répandant sa lumière dorée dans le salon obscur, où un soir elle lui avait lu ce poème de Verlaine. En la voyant, obscurcie par l'ombre de la lampe, assise comme autrefois, proche et lointaine à la fois, aimée et inaccessible, il sentit tout d'un coup son cœur s'emballer, enthousiasmé d'entendre sa voix se moduler sur la vague sonore du vers, de l'entendre prononcer — même si ce n'était que dans un poème — les mots « nostalgie » et « amour »[1], mots d'une langue étrangère certes, et destinés à des étrangers,

_____

1. Ndt : Là encore, probable confusion de Stefan Zweig.

mais néanmoins grisants, prononcés par cette voix, sa voix. Comment avait-il pu oublier cela, pendant des années, ce poème, cette soirée où, seuls dans la maison, et troublés par cette solitude, ils avaient fui les périls de la conversation pour le terrain plus rassurant des livres, où, derrière les mots et la mélodie, avait parfois clairement brillé, comme une lueur dans des buissons, l'aveu d'un sentiment plus intime, étincelles insaisissables, qui, bien qu'évanescentes, les rendaient heureux. Comment avait-il pu oublier cela si long-temps? Mais aussi, comment était-il soudain revenu, ce poème perdu? Sans réfléchir, il se traduisit ces vers. Et à peine se les était-il dits, qu'il les comprenait déjà, et qu'il en détenait la clé, lourde et scintillante, l'association d'idées qui soudain avait arraché, si net, si palpable, du fond d'un puits d'eau dormante, ce souvenir, précisément celui-ci : ces om-bres, elles étaient là, sur le chemin, les om-bres, qui avaient touché, réveillé les mots par elle prononcés, oui, mais bien plus encore. Et dans un frisson, il perçut soudain, effrayé, le sens de cette révélation ; ces paroles étaient

101

prémonitoires : n'étaient-ils pas eux-mêmes ces ombres qui cherchaient leur passé et adressaient de sourdes questions à un autrefois qui n'existait plus, des ombres, des ombres qui voulaient devenir vivantes et n'y parvenaient plus, car ni elle ni lui n'étaient plus les mêmes et ils se cherchaient pourtant, en vain, se fuyant et s'immobilisant, efforts sans consistance et sans vigueur, comme ces noirs fantômes, devant eux ?

Il dut sursauter sans s'en rendre compte, car elle se retourna : « Qu'as-tu, Louis ? A quoi penses-tu ? »

Mais il éluda « Rien ! Rien ! » Et il se contenta de plonger plus profondément en lui-même, dans cet autrefois : cette voix, la voix prémonitoire du souvenir, ne voulait-elle pas une fois encore lui parler et, grâce au passé, lui révéler le présent ?

Die Reise in die Vergangenheit

»Da bist du!« Mit ausgestreckten, beinahe aus-
gebreiteten Armen ging er ihr entgegen. »Da bist
du«, wiederholte er noch einmal und die Stimme
stieg die immer hellere Skala auf von Überraschung
zu Beglückung, indes zärtlicher Blick die geliebte
Gestalt umfing. »Ich hatte schon gefürchtet, du
würdest nicht kommen!«

»Wirklich, so wenig Vertrauen hast du zu mir?«
Aber nur die Lippe spielte lächelnd mit diesem
leichten Vorwurf: von den Augensternen, den klar
erhellten, strahlte blaue Zuversicht.

»Nein, nicht das, ich habe nicht gezweifelt — was
ist denn verläßlicher in dieser Welt als dein Wort?
Aber, denk' dir, wie töricht! — nachmittags
plötzlich, ganz unvermutet, ich weiß nicht warum,
packte mich mit einmal ein Krampf sinnloser Angst,
es könnte dir etwas zugestoßen sein. Ich wollte dir
telegrafieren, ich wollte zu dir hin, und jetzt, wie
die Uhr vorrückte und ich dich noch immer nicht

sah, riß mich's durch, wir könnten einander noch einmal versäumen. Aber Gottlob, jetzt bist du da —«

»Ja — jetzt bin ich da«, lächelte sie, wieder strahlte der Stern aus tiefem Augenblau. »Jetzt bin ich da und bin bereit. Wollen wir gehen?«

»Ja, gehen wir!« wiederholten unbewußt die Lippen. Aber der reglose Leib rührte keinen Schritt, immer und immer wieder umfing zärtlicher Blick das Unglaubhafte ihrer Gegenwart. Über ihnen, rechts und links klirrten die Geleise des Frankfurter Hauptbahnhofes von schütterndem Eisen und Glas, Pfiffe schnitten scharf in den Tumult der durchrauchten Halle, auf zwanzig Tafeln stand befehlshaberisch je eine Zeit mit Stunden und Minuten, indes er mitten im Quirl strömender Menschen nur sie als einzig Vorhandenes fühlte, zeitentwandt, raumentwandt in einer merkwürdigen Trance leidenschaftlicher Benommenheit. Schließlich mußte sie mahnen »Es ist höchste Zeit, Ludwig, wir haben noch keine Billette.« Da erst löste sich sein verhafteter Blick, voll zärtlicher Ehrfurcht nahm er ihren Arm.

Der Abendexpress nach Heidelberg war ungewohnt stark besetzt. Enttäuscht in ihrer Erwartung, dank der Billette Erster Klasse miteinander allein zu sein, nahmen sie nach vergeblicher Umschau schließlich mit einem Abteil vorlieb, wo nur ein einzelner grauer Herr halb schlafend in der Ecke lehnte. Schon freuten sie sich, vorgenießend, vertrauten Gespräches, da, knapp vor dem Abfahrtspfiff, stapften noch drei Herren mit dicken Aktentaschen keuchend ins Coupé, Rechtsanwälte offenbar und von eben erst beendetem Prozesse dermaßen erregt, daß ihre prasselnde Diskussion jede Möglichkeit anderen Gesprächs vollkommen niederschlug. So blieben die beiden resigniert einander gegenüber, ohne ein Wort zu versuchen. Und nur wenn einer von ihnen den Blick aufhob, sah er, dunkelwolkig überflogen vom ungewissen Lampenschatten, den zärtlichen Blick des andern sich liebend zugewandt.

Mit lockerem Ruck setzte sich der Zug in Bewegung. Das Räderrattern dämpfte und zerschlug das rechtsanwältliche Gespräch zu bloßem Geräusch. Dann aber wurde aus Stoß und Schüttern allmählich rhythmisches Schwanken, stählerne Wiege schaukelte in Träumerei. Und während unten knatternde Räder unsichtbar in ein Vorwärts liefen, jedem anders zuerfüllt, schwebten die Gedanken der beiden träumerisch ins Vergangene zurück.

Sie waren einander vor mehr als neun Jahren zum erstenmal begegnet und, seitdem getrennt durch undurchstoßbare Ferne, fühlten sie nun mit vervielfachter Gewalt dies wieder erste wortlose Nah-Beisammensein. Mein Gott, wie lange, wie

105

weiträumig das war, neun Jahre, viertausend Tage, viertausend Nächte bis zu diesem Tage, bis zu dieser Nacht! Wieviel Zeit, wieviel verlorene Zeit, und doch sprang ein einziger Gedanke in einer Sekunde zurück zum Anfang des Anfangs. Wie war es nur? Genau entsann er sich: als Dreiundzwanzigjähriger war er zum erstenmal in ihr Haus gekommen, scharf schon die Lippe gekerbt unter dem sanften Flaum jungen Bartes. Vorzeitig losgerungen von einer durch Armut gedemütigten Kindheit; aufgewachsen an Freitischen, sich durchfrettend als Hauslehrer und Nachhelfer, verbittert vor der Zeit durch Entbehrung und kümmerliches Brot. Tagsüber die Pfennige scharrend für Bücher, nachts mit ermüdeten und krampfig gespannten Nerven dem Studium folgend, hatte er als Erster die chemischen Studien absolviert und, besonders empfohlen von seinem Ordinarius, war er zu dem berühmten Geheimrat G., dem Leiter der großen Fabrik bei Frankfurt am Main gekommen. Dort teilte man ihm zunächst subalterne Arbeiten im Laboratorium zu, aber bald des zähen Ernstes dieses jungen Menschen gewahr, der mit der ganzen gestauten Kraft eines fanatischen Zielwillens sich tief in die Arbeit schraubte, begann sich der Geheimrat für ihn besonders zu interessieren. Probeweise teilte er ihm immer verantwortlichere Arbeit zu, die jener, die Möglichkeit des Entkommens aus

106

dem Kellergewölbe der Armut erkennend, gierig ergriff. Je mehr Arbeit man ihm auflud, desto energischer reckte sich sein Wille : so wurde er in kürzester Frist aus einem dutzendmäßigen Gehilfen der Adlatus wohlbehüteter Experimente, der »junge Freund«, wie ihn der Geheimrat schließlich wohlwollend zu benennen liebte. Denn ohne daß er [es]* wußte, beobachtete ihn hinter [der] Tapetentür des Chefzimmers ein prüfender Blick auf höhere Eignung, und indes der Ehrgeizige blindwütig Tägliches zu bewältigen meinte, ordnete ihm der fast immer unsichtbare Vorgesetzte schon höhere Zukunft zu. Durch eine sehr schmerzhafte Ischias häufig zu Haus, oftmals sogar ans Bett gefesselt, spähte seit Jahren der alternde Mann nach einem unbedingt verläßlichen und geistig zureichendem Privatsekretär, mit dem er die geheimsten Patente und die in notwendiger Verschwiegenheit ausgeführten Versuche besprechen konnte : endlich schien er gefunden. Eines Tages trat der Geheimrat an den Erstaunten mit dem unerwarteten Vorschlag heran, ob er nicht, um ihm näher zur Hand zu sein, sein möbliertes Zimmer in der Vorstadt aufgeben und in ihrer geräumigen Villa als Privatsekretär Wohnung nehmen wolle. Der junge Mann war erstaunt von so unerwartetem Vorschlage, noch

---

* Les termes entre crochets ont été rétablis par l'éditeur.

107

erstaunter aber der Geheimrat, als jener nach
eintägiger Überlegungsfrist den ehrenvollen Vorschlag rundweg ablehnte, die nackte Weigerung
ziemlich unbeholfen hinter schlottrigen Ausflüchten
verbergend. Eminent als Gelehrter, war doch in
seelischen Dingen der Geheimrat nicht erfahren
genug, um den wahren Grund dieser Weigerung zu
erraten, und vielleicht sich selbst gestand der
Trotzige sein letztes Gefühl nicht ein. Und dies war
nichts anderes als ein krampfig verbogener Stolz,
die verwundete Scham einer in bitterster Armut
verbrachten Kindheit. Als Hauslehrer in par-
venühaften beleidigenden Häusern der Reichen
aufgewachsen, ein namenlos amphibisches Wesen
zwischen Diener und Hausgenossen, dabei und auch
nicht dabei, Zierstück wie die Magnolien am
Tische, die man aufstellte und abräumte nach
Bedarf, hatte er die Seele randvoll von Haß gegen
die Oberen und ihre Sphäre, die schweren wuchti-
gen Möbel, die vollen üppigen Zimmer, die über-
mäßig fülligen Mahlzeiten, all dies Reichliche, daran
er nur als Geduldeter Anteil nahm. Alles hatte er
dort erlebt, die Beleidigungen frecher Kinder und
das noch beleidigendere Mitleid der Hausfrau,
wenn sie ihm am Monatsende ein paar Noten
hinstreifte, die höhnisch ironischen Blicke der
immer gegen den höher Dienenden grausamen
Mägde, wenn er mit seinem plumpen Holzkoffer in

108

ein neues Haus angerückt kam und den einzigen Anzug, die grau zerstopfte Wäsche, diese untrügbaren Zeichen seiner Armut, in einem geliehenen Kasten verstauen mußte. Nein, nie mehr, hatte er sich's geschworen, nie mehr in fremdes Haus, nie mehr in den Reichtum zurück, ehe er ihm nicht selber gehörte, nie mehr sich ausspähen lassen in seiner Dürftigkeit und blessiert durch unedel dargebotene Geschenke. Nie mehr, nie mehr. Nach außen deckte ja jetzt der Doktortitel, ein billiger, aber doch undurchdringlicher Mantel, die Niedrigkeit seiner Stellung, im Büro verhüllte die Leistung die schwärende Wunde seiner geschändeten, von Armut und Almosen vereiterten Jugend : nein, für kein Geld mehr wollte er diese Handvoll Freiheit verkaufen, diese Undurchdringlichkeit seines Lebens. Und darum lehnte er die ehrende Einladung, auf die Gefahr hin seine Karriere zu verderben, mit ausflüchtender Begründung ab.

Aber bald ließen ihm unvorhergesehene Umstände nicht mehr freie Wahl. Das Leiden des Geheimrates verschlimmerte sich dermaßen, daß er längere Zeit das Bett hüten mußte und selbst von telefonischem Verkehr mit seinem Büro ausgeschaltet war. So wurde ein Privatsekretär zur unentbehrlichen Notwendigkeit, und der dringlich wiederholten Aufforderung seines Protektors konnte er sich schließlich nicht mehr entziehen,

wollte er nicht auch seiner Stellung verlustig gehen.
Ein schwerer Gang, weiß Gott, wurde ihm diese
Übersiedlung : noch genau erinnerte er sich des
Tages, da er zum erstenmal die Klingel in jener
vornehmen, ein wenig altfränkischen Villa an der
Bockenheimer Landstraße rührte. Abends vorher
hatte er noch eilig von seinen geringen Ersparnissen
— eine alte Mutter und zwei Schwestern in einer
verlorenen Provinzstadt zehrten an seinem kargen
Gehalt — sich frische Wäsche, einen passablen
schwarzen Anzug, neue Schuhe gekauft, um nicht
allzu deutlich seine Bedürftigkeit zu verraten, auch
trug diesmal ein Lohndiener die häßliche, ihm von
vieler Erinnerung verhaßte Truhe mit seinen
Habseligkeiten voraus : dennoch quoll das Unbeha-
gen wie Brei in die Kehle, als ein Diener in weißen
Handschuhen ihm förmlich auftat und schon von
der Vorhalle der dicke satte Brodem des Reichtums
ihm entgegenschlug. Da warteten tiefe Teppiche,
die den Schritt weich einschluckten, rund gespannte
Gobelins schon im Vorraum, die feierliches
Aufblicken forderten, da standen geschnitzte Türen
mit schweren bronzenen Klinken, sichtlich bestimmt, nicht von eigener Hand berührt, sondern
vom servilen Diener mit gebuckeltem Rücken
aufgerissen zu werden : alles das drückte betäubend
und widrig zugleich auf seine trotzige Erbitterung.
Und als der Diener ihn dann in das dreifenstrige

Fremdenzimmer führte, ihm als ständiger Wohn-
raum zugedacht, überwog das Gefühl des Unge-
hörigen und Eindringlings : er, gestern noch im
zugigen Hinterzimmerchen des vierten Stockes, mit
hölzernem Bett und blechernem Waschnapf, sollte
hier heimisch sein, wo jedes Gerät mit frecher
Üppigkeit und seines Geldwertes bewußt dastand
und höhnisch auf den bloß Geduldeten sah. Was er
mitgebracht, ja er selbst in seiner eigenen Kleidung,
schrumpfte erbärmlich zusammen in diesem wei-
ten, lichtdurchstrahlten Raum. Wie ein Gehenkter
pendelte lächerlich sein einziger Rock in dem
breiten fülligen Kleiderschrank, seine paar Wasch-
sachen, sein vertragenes Rasierzeug, wie Auswurf
lag's oder wie ein von einem Polier vergessenes
Arbeitszeug auf dem geräumigen, marmorgekachel-
ten Waschtisch ; und unwillkürlich versteckte er die
harte klotzige Holztruhe unter einem Überwurf, sie
beneidend, daß sie hier sich verkriechen und
verstecken konnte, indes er selbst wie ein ertappter
Einbrecher in dem verschlossenen Raum stand.
Vergebens pumpte er sein beschämtes und verär-
gertes Nichtigkeitsgefühl mit dem Zusprechen auf,
er sei ja der Gebetene, der Geforderte. Aber immer
wieder drückte das behäbige Ringsumher der Dinge
die Argumente nieder, er fühlte sich wieder klein,
geduckt und besiegt, von dem Gewicht der protzi-
gen, prahlerischen Geldwelt, Diener, Knecht,

Tellerschlucker, menschliches Möbel, gekauft und verleihbar, bestohlen um sein eigenes Sein. Und als jetzt der Diener mit leisem Knöchel die Türe berührend, eingefrorenen Gesichts und steifer Haltung meldete, die gnädige Frau lasse Herrn Doktor bitten, da spürte er, indes er zögernd die Flucht der Zimmer nachschritt, wie seit Jahren zum erstenmal seine Haltung einschrumpfte und die Schultern sich im voraus duckten zur servilen Verbeugung und nach Jahren in ihm wieder die Unsicherheit und Verwirrung des Knaben begann.

Aber kaum daß er ihr erstmalig entgegentrat, löste sich wohltuend dieser innere Krampf : noch ehe sein Blick aus der Verbeugung auftastend, Antlitz und Gestalt der Sprechenden umfing, war ihm ihr Wort schon unwiderstehlich entgegengegangen. Und dieses erste Wort war Dank, dermaßen freimütig und natürlich gesprochen, daß es all dieses Gewölk des Unmuts um ihn zerteilte, unmittelbar das auflauschende Gefühl berührend. »Ich danke Ihnen vielmals, Herr Doktor«, und herzlich bot sie ihm zugleich die Hand, »daß Sie der Einladung meines Mannes endlich Folge geleistet haben, und ich wünschte, es wäre mir gegeben, Ihnen bald erweisen zu dürfen, wie sehr ich Ihnen dafür dankbar bin. Es mag Ihnen nicht leicht gefallen sein : man gibt seine Freiheit ja nicht gern auf, aber vielleicht beruhigt Sie das Gefühl, zwei

112

Menschen dadurch auf das äußerste verpflichtet zu haben. Was meinerseits geschehen kann, Sie das Haus vollkommen als das Ihre fühlen zu lassen, soll von Herzen gern geschehen.« In ihm horschte etwas auf. Wieso wußte sie das von der ungern verkauften Freiheit, wieso griff sie gleich mit dem ersten Wort an das Wunde, das Aufgeschürfte und Empfind-lichste seines Wesens, gleich hin an jene pulsende Stelle der Angst, seine Freiheit zu verlieren und nur ein Geduldeter, ein Gemieteter, ein Bezahlter zu sein? Wie hatte sie gleich mit der ersten Bewegung der Hand dieses alles von ihm weggesstreift. Un-willkürlich sah er zu ihr auf, nun erst gewahrwer-dend eines warmen anteilnehmenden Blickes. der den seinen vertrauend erwartete.

Etwas sicher Sanftes, Beruhigendes und heiter Selbstbewußtes ging von diesem Antlitz aus, Klar-heit strahlte hier von reiner Stirn, die, noch ju-gendlich blank, beinahe vorzeitig den ernsten Scheitel der Matrone trug, ein dunkel geschichtetes Haar mit tiefen Wellen niederwölbend, indes vom Hals her ein gleich dunkles Kleid die fülligen Schultern umschloß : um so heller wirkte dieses Antlitz mit seinem beruhigten Licht. Wie eine bürgerliche Madonna sah sie aus, ein wenig non-nenhaft im hochgeschlossenen Kleid, und die Gütigkeit gab jeder Bewegung eine Aura von Mütterlichkeit. Nun trat sie einen Schritt näher voll weicher Bewegung, Lächeln nahm ihm den Dank von den zögernden Lippen. »Nur eine Bitte, die erste gleich in erster Stunde. Ich weiß, ein Zusammenleben, wenn man einander nicht seit lange kennt, ist immer ein Problem. Und da hilft nur eines : Aufrichtigkeit. So bitte ich Sie, wenn bei irgendeiner Gelegenheit Sie sich hier bedrückt, von irgendeiner Einstellung oder Einrichtung gehemmt fühlen, sich frei mir gegenüber zu äußern. Sie sind der Helfer meines Mannes, ich bin seine Frau, diese doppelte Pflicht bindet uns zusammen : lassen Sie uns also aufrichtig sein gegeneinander.«

Er nahm ihre Hand : der Pakt war geschlossen. Und von der ersten Sekunde an fühlte er sich dem Haus verbunden : das Kostbare der Räume drückte nicht mehr feindlich an ihn heran, ja im Gegenteil, er empfand es sofort als notwendigen Rahmen der Vornehmheit, die hier alles, was außen feindselig, wirr und gegensätzlich herandrängte, zur Harmonie abdämpfte. Allmählich erkannte er erst, ein wie erlesener Kunstsinn hier das Kostbare einer höheren Ordnung untertan machte und wie unwillkürlich jener gedämpfte Rhythmus des Daseins in sein eigenes Leben, ja in sein Wort eindrang. In sonderbarer Weise fühlte er sich beruhigt : alle spitzen, vehementen und leidenschaftlichen Gefühle verloren ihre Bösartigkeit, Gereiztheit, es war, als saugten die tiefen Teppiche, die bespannten Wän de, die farbigen Stores Licht und Lärm der Gasse heimlich in sich ein, und gleichzeitig fühlte er, daß diese schwebende Ordnung nicht leer aus sich selbst geschah, sondern der Gegenwart der schweigsamen und immer mit gütigem Lächeln umhüllten Frau entstammten. Und was er in den ersten Minuten magisch empfunden, machten ihm die nächsten Wochen und Monate wohltätig bewußt : mit einem diskreten Taktgefühl zog diese Frau ihn mählich, ohne daß er Zwang geübt fühlte, in den innern Lebenskreis des Hauses. Behütet, aber nicht bewacht, spürte er eine einfühlende Aufmerksamkeit mit sich gleichsam von ferne beschäftigt : seine kleinen Wünsche erfüllen sich, kaum daß er sie angedeutet, in einer so diskret heinzelmännischen Art, daß sie besonderen Dank unmöglich machten. Hatte er, eine Mappe kostbarer Stiche durchblätternd, eines Abends einen von ihnen, den Faust von Rembrandt, maßlos bewundert, so fand er zwei Tage später die Reproduktion schon gerahmt über seinem Schreibtisch hängend. Hatte er eines Buches Erwähnung getan als gerühmt von einem Freunde, so fand er es zufällig in den nächsten Tagen in der Reihe der Bibliothek. Unbewußt formte sich das Zimmer seinen Wünschen und Gewohnheiten zu : oft merkte er zunächst gar nicht, was sich in den Einzelheiten verwandelt, nur wohnlicher geworden spürte er es, farbiger und durchwärmter, bis er dann etwa wahrnahm, daß die gestickte orientalische Decke derart, wie er sie einmal in einem Schaufenster bewundert, die Ottomane bedeckte oder die Lampe in himbeerfarbener Seide leuchtend geworden war. Immer mehr zog ihn die Atmosphäre an sich : ungern verließ er mehr das Haus, in dem er bei einem elfjährigen Knaben einen leidenschaftlichen Freund fand, und liebte es sehr ihn und seine Mutter in Theater oder Konzerte zu begleiten . ohne daß er es wußte, stand sein ganzes Tun in den Stunden außerhalb seiner Arbeit im milden Mondlicht ihrer ruhigen Gegenwart

Von der ersten Begegnung an hatte er diese Frau geliebt, aber so leidenschaftlich unbedingt dieses Gefühl ihn bis in seine Träume hinein überwogte, so fehlte ihm dennoch das Entscheidende einer durchschütternden Wirkung, nämlich die bewußte Erkenntnis, daß das, was er ausflüchtend vor sich selber noch mit dem Namen Bewunderung, Ehrfucht und Anhänglichkeit überdeckte, durchaus schon Liebe war, eine fanatische, fessellos, unbedingt leidenschaftliche Liebe. Aber irgendein Serviles in ihm dämmerte diese Erkenntnis gewaltsam zurück : so fern schien sie ihm, zu hoch, zu weit weg, diese klare, von einem Sternenreif umstrahlte, von Reichtum umpanzerte Frau, von all dem, was er bisher als weiblich erfahren. Als blasphemisch vor ihm selbst hätte er es empfunden,

116

sie gleich zu erkennen aem Geschlechte und glei chem Gesetz des Blutes unterworfen als die paar andern Frauen, die ihm seine versklavte Jugend gestattet, jene Mägde am Gutshof, die gerade einmal ihre Tür dem Hauslehrer aufgetan, neugierig zu sehen, ob der Studierte es anders täte als der Kutscher und der Knecht, oder die Nähmädchen, die er im Halbschatten der Laternen beim Heimgang getroffen. Nein, dies war anders. Sie leuchtete von einer andern Sphäre der Unbegehrlichkeit, rein und unantastbar, und selbst der leidenschaftlichste seiner Träume erkühnte sich nicht, sie zu entkleiden. Knabenhaft verwirrt hing er dem Duft ihrer Gegenwart an, jede Bewegung genießend wie Musik, glücklich ihres Vertrauens und unablässig erschreckt, ihr etwas zu verraten vor dem übermäßigen Gefühl, das ihn erregte : Gefühl, das noch namenlos war, aber längst schon geformt und durchglutet in seiner Verhüllung.

Aber Liebe wird erst wahrhaft sie selbst, sobald sie sich, sofern sie nicht mehr embryonisch dunkel im Innern des Leibes schmerzhaft wogt, sondern mit Atem und Lippe sich zu benennen, [sobald sie sich] zu bekennen wagt. So beharrlich ein solches Gefühl sich verpuppt, immer durchstößt eine Stunde plötzlich das verwirrte Gespinst und stürzt dann, von allen Höhen in die unterste Tiefe fallend, mit verdoppelter Wucht in das aufschreckende

Herz Dies geschah, spät genug, im zweiten Jahre seiner Hausgenossenschaft.

Der Geheimrat hatte eines Sonntags ihn in sein Zimmer gebeten : schon daß er ungewohnter Weise nach flüchtiger Begrüßung die Tapetentür hinter ihnen abschloß und durch das Haustelefon Auftrag gab, jede Störung abzuweisen, schon dies kündigte besondere Mitteilung bedeutsam an. Der alte Mann bot ihm eine Zigarre, entzündete sie umständlich, gleichsam um Zeit zu gewinnen für eine offenbar genau durchdachte Rede. Zunächst begann er mit ausführlichem Dank für seine Dienste. In jeder Hinsicht hätte er sein Vertrauen und innere Hingabe sogar übertroffen, niemals habe er bereuen müssen, auch die intimsten Geschäftlichkeiten dem so kurz Verbundenen anvertraut zu haben. Nun sei gestern in ihr Unternehmen von Übersee her wichtige Nachricht gelangt, die er ihm anzuvertrauen keinen Anstand nehme : das neue chemische Verfahren von dem er Kenntnis habe, erfordere große Quantitäten bestimmter Erze, und eben hätte nun ein Telegramm gemeldet, daß große Vorkommnisse dieser Metalle in Mexiko festgestellt worden seien. Hauptsache sei nun Geschwindigkeit, sie rasch für das Unternehmen zu erwerben, an Ort und Stelle Förderung und Ausnützung zu organisieren, ehe amerikanische Konzerne sich der Gelegenheit bemächtigten. Dies erfordere einen

118

verläßlichen, andererseits jungen und energischen
Mann. Für ihn persönlich sei es nun ein schmerz-
licher Schlag, den vertrauten und zuverlässigen
Adlatus zu entbehren : dennoch habe er es für seine
Pflicht gehalten in der Sitzung des Verwaltungsrates
ihn als den tüchtigsten und einzig Geeigneten
vorzuschlagen. Persönlich würde er entschädigt
durch die Gewißheit, ihm eine glänzende Zukunft
gewährleisten zu können. In zwei Jahren der
Installierung könne er sich nicht nur, dank der
reichlichen Dotierung ein kleines Vermögen si-
chern, sondern bei seiner Rückkehr sei ihm auch
ein führender Posten in dem Unternehmen
vorbehalten. »Überhaupt«, endigte der Geheimrat,
glückwünschend die Hand breitend, »habe ich das
Vorgefühl, als würden Sie noch einmal hier in
meinem Stuhle sitzen und zu Ende führen, was ich
alter Mann vor drei Jahrzehnten begonnen habe.«

Ein solcher Antrag, plötzlich aus heiterm Himmel ihm zufallend, wie sollte er nicht einen Ehrgei-
zigen verwirren? Da war sie endlich, die Tür, wie
von Explosion aufgerissen, die ihn aus dem Kellergewölbe der Armut, aus der lichtlosen Welt des
Dienstes und Gehorchens, aus der immerwähren-
den gebückten Haltung des zur Bescheidenheit
Gezwungenen und Denkenden herausführen sollte :
gierig starrte er in die Papiere und Telegramme, wo
aus hieroglyphischen Zeichen allmählich in großen

119

und ungewissen Konturen der gewaltige Plan sich formte. Zahlen brausten auf ihn plötzlich nieder, Tausende, Hunderttausende, Millionen, die zu verwalten, zu verrechnen, zu gewinnen waren, feurige Atmosphäre der gebietenden Macht, in die er betäubt und klopfenden Herzens plötzlich wie in einem Traumballon aus der servilen dumpfen Sphäre seines Daseins emporstieg. Und überdies nicht nur Geld allein, nicht nur Geschäft, Unternehmen, Spiel und Verantwortung – nein, ein ungleich Lockenderes griff hier versucherisch nach ihm. Hier war Gestaltung, Schöpfung, hohe Aufgabe, der zeugende Beruf, aus Gebirgen, wo seit Jahrtausenden in sinnlosem Schlaf das Gestein unter der Haut der Erde dämmerte, [etwas zu fördern, in sie] nun Stollen einzubohren, Städte zu schaffen mit wachsenden Häusern, aufschießenden Straßen, wühlenden Maschinen und kreisenden Kranen. Hinter dem kahlen Gestrüpp der Kalkulationen begann es tropisch zu blühen von fantastischen und doch plastischen Gebilden, Gehöfte, Farmen, Fabriken, Magazine, ein neues Stück Menschenwelt, das er gebietend und ordnend mitten ins Leere zu stellen hatte. Seeluft, gebeizt vom Rausch der Ferne drang plötzlich ein in das kleine verpolsterte Zimmer, Zahlen stuften sich zu fantastischer Summe. Und in einem immer heißeren Taumel von Begeisterung, der jeder Entschließung die zuckende

Form des Fluges gab, wurde alles in großen Zügen beschlossen und auch das rein Praktische vereinbart. Ein Scheck in für ihn unerwarteter Höhe, zu Reiseanschaffungen bestimmt, knisterte plötzlich in seiner Hand, und nach nochmaligem Gelöbnis wurde die Abfahrt für den nächsten Dampfer der Südlinie in zehn Tagen beschlossen. Noch ganz heiß vom Wirbel der Zahlen, umtaumelt vom Quirl der aufgewühlten Möglichkeiten, war er danach aus der Tür des Arbeitszimmers getreten, eine Sekunde irr um sich starrend, ob dies ganze Gespräch nicht nur eine Phantasmagorie überreizten Wunsches gewesen. Ein Flügelschlag hatte ihn aus der Tiefe emporgetragen in die funkelnde Sphäre der Erfüllung : das Blut brauste noch von so stürmischer Auffahrt, für einen Augenblick mußte er die Augen schließen. Er schloß die Augen so, wie man Atem tief in sich zieht, einzig, um ganz bei sich selbst zu sein, das innere Ich abgesonderter, mächtiger zu genießen. Eine Minute dauerte dies : aber dann, wie er neuerdings, gleichsam erfrischt aufsah und der Blick den gewohnten Vorraum übertastete, blieb er von ungefähr auf einem Bild haften, das über der großen Truhe hing : ihr Bild. Mit ruhig gebuchteten, sanft verschlossenen Lippen sah es ihn an, lächelnd und tiefdeutig zugleich, als hätte es jedes Wort seines Innern verstanden. Und da, in dieser Sekunde, überblitzte ihn plötzlich der ganz vergessene Gedanke, daß jene Stellung an[zu]nehmen, doch auch bedeutet, dies Haus zu verlassen. Mein Gott, sie verlassen : wie ein Messer fuhr das durch das stolz geblähte Segel seiner Freude. Und in dieser einen kontrollosen Sekunde des Überraschtseins stürzte das ganze künstlich getürmte Gebälk von Verstellung über seinem Herzen ein, und mit einem jähen Zucken im Herzmuskel spürte er, wie schmerzlich, wie tödlich fast der Gedanke ihn zerriß, sie zu entbehren. Sie, mein Gott, sie verlassen : wie hatte er daran denken können, wie sich entscheiden, gleichsam, als ob er sich selbst noch gehöre, als ob er nicht mit allen Klammern und Wurzeln des Gefühls hier verhaftet wäre an ihre Gegenwart! Gewaltsam brach es aus, elementar, ein ganz deutlicher zuckender physischer Schmerz, ein Schlag quer durch den ganzen Leib vom Stirndach bis ins Fundamente des Herzens, ein Riß, der alles aufhellte wie Blitz über nächtlichem Himmel : und nun in diesem blendenden Licht war es vergebens, nicht zu erkennen, daß jeder Nerv und jede Fiber seines Innern in Liebe zu ihr blühte, der Geliebten. Und kaum daß er wortlos das magische Wort aussprach, stürzten schon mit jener unerklärlichen Geschwindigkeït, die nur das äußerste Erschrecken aufpeitscht, unzählige kleine Assoziationen und Erinnerungen funkelnd durch sein Bewußtsein, jedes grell sein Gefühl erhellend, Einzelheiten, die er niemals bisher gewagt hätte einzugestehen oder zu erläutern. Und jetzt erst wußte er, wie restlos er ihr seit Monaten schon verfallen war.

War es nicht diese Osterwoche noch gewesen, wo sie für drei Tage zu ihren Verwandten gefahren, daß er wie ein Verlorener von Zimmer zu Zimmer getappt, unfähig ein Buch zu lesen, aufgewühlt, ohne sich zu sagen, warum—und dann in der Nacht, da sie kommen sollte, hatte er nicht bis ein Uhr nachts gewartet, ihren Schritt zu hören? Hatte ihn nicht unzählige Male nervöse Ungeduld vorzeitig die Treppen hinabgescheucht, ob der Wagen nicht schon käme? Er erinnerte sich des Schauers kalt über die Hände bis in den Nacken hinauf, wenn zufällig im Theater seine Hand die ihre gestreift : hundert solcher kleiner zuckender Erinnerungen, kaum wach gefühlter Nichtigkeiten stürzten jetzt wie durch gesprengte Schleusen brausend in sein Bewußtsein ein, in sein Blut, und alle trafen wieder geradewegs hin auf sein Herz. Unwillkürlich mußte er seine Hand auf seine Brust pressen, so hart schlug es dort heraus, und nun half nichts mehr, er durfte sich nicht länger wehren, einzugestehen, was ein gleichzeitig scheuer und ehrfürchtiger Instinkt mit allerhand vorsichtigen Abblendungen so lange verdunkelt hatte : daß er nicht mehr leben könnte ohne ihre Gegenwart. Zwei Jahre, zwei Monate, zwei Wochen bloß ohne dies milde Licht auf

seinem Wege, ohne die guten Gespräche in abend-
licher Stunde dabei — nein, nein, es war nicht zu
ertragen. Und was ihn vor zehn Minuten noch mit
Stolz erfüllt hatte, die Mission nach Mexiko, der
Aufstieg in schöpferische Macht, in einer Sekunde
war dies eingeschrumpft, zerplatzt wie eine
funkelnde Seifenblase, es war nurmehr Ferne,
Wegsein, Kerker, Verbanntsein, Exil, Vernichtung,
ein nicht zu überlebendes Abgespaltensein. Nein, es
war nicht möglich — schon zuckte die Hand zur
Klinke zurück, schon wollte er noch einmal hinein
in das Zimmer, dem Geheimrat zu melden, er
verzichte, er fühle sich nicht würdig für den Auftrag
und bleibe lieber im Haus. Aber da meldete sich
warnend die Angst : nicht jetzt! Nicht vorzeitig ein
Geheimnis verraten, das ihm selbst sich erst zu
entschleiern begann. Und müde ließ er die fiebrige
Hand von dem kühlen Metall.

Noch einmal sah er auf das Bild : immer tiefer
schienen die Augen ihn anzublicken, nur das
Lächeln um den Mund, er fand es nicht mehr. Sah
sie nicht ernst, beinahe traurig vielmehr aus dem
Bild, gleichsam als wollte sie sagen : »Du hast mich
vergessen wollen.« Er ertrug ihn nicht, diesen
gemalten und doch lebendigen Blick, taumelte hin
in sein Zimmer, hinsinkend auf das Bett mit einem
sonderbaren, fast ohnmachtsähnlichen Gefühl von
Grauen, das aber merkwürdig durchdrungen war

von geheimnisvoller Süßigkeit. Gierig sann er sich alles zurück, was er in diesem Haus seit der ersten Stunde erlebt, und alles, auch die nichtigste Einzelheit, hatte nun andere Schwere und anderes Licht : alles war angestrahlt von jenem innern Licht des Erkennens, alles war leicht und schwebte empor in der erhitzten Luft der Leidenschaft. Er besann sich aller Güte, die er von ihr erfahren. Ringsum waren noch ihre Zeichen, er tastete die Dinge an mit den Blicken, die ihre Hand berührt, und jedes hatte etwas vom Glück ihrer Gegenwart : sie war da in diesen Dingen, er fühlte ihre freundschaftlichen Gedanken darin. Und diese Gewißheit ihrer ihm zugewandten Güte überwogte ihn leidenschaftlich : aber doch tief unten in dieser Strömung war in seinem Wesen noch etwas Widerstrebendes wie ein Stein, etwas nicht Gehobenes, etwas nicht Weggeräumtes, das weggeschafft werden mußte, damit ganz frei sein Gefühl entströmen könne. Ganz vorsichtig tastete er heran an dieses Dunkle in seinem Untersten des Gefühls, schon wußte er, was es bedeutet, und wagte es doch nicht anzufassen. Immer aber trieb ihn die Strömung zurück zu dieser einen Stelle, zu dieser einen Frage. Und die hieß : war – Liebe wagte er nicht zu sagen – aber doch Neigung ihrerseits in all diesen kleinen Aufmerksamkeiten, eine linde, wenn auch leidenschaftslose Zärtlichkeit in dem Umlauschen und Umhüllen seiner Gegenwart? Dumpf ging diese Frage durch ihn hin, schwere schwarze Wellen des Blutes rauschten sie immer wieder auf, ohne sie doch fortwälzen zu können. »Wenn ich doch nur klar mich besinnen könnte!« fühlte er, aber zu leidenschaftlich wogten die Gedanken ineinander mit wirren Träumen und Wünschen und jener von der äußersten Tiefe immer aufgewühlte Schmerz. So lag er fühllos, ganz sich selbst entwandert auf dem Bett, verdumpft von einer betäubenden Mischung der Gefühle, eine Stunde vielleicht oder zwei, bis plötzlich ein zartes Pochen an der Tür ihn aufschreckte, ein Pochen vorsichtiger dünner Knöchel, das er zu erkennen meinte. Er sprang auf und stürzte zur Tür.

Sie stand vor ihm, lächelnd. »Aber Doktor, warum kommen Sie nicht? Es hat schon zweimal zu Tisch geläutet.«

Übermütig beinahe war das gesagt, als hätte sie eine kleine Freude, ihn bei einer Nachlässigkeit zu ertappen. Aber kaum sie sein Antlitz sah, versträhnt das feuchte Haar, die Augen wirr ausweichend und scheu wurde sie selber blaß.

»Um Gottes willen, was ist Ihnen zugestoßen?« stammelte sie, und dieser umkippende Ton des Schreckens fuhr ihn an wie eine Lust. »Nein, nein«, zwang er sich rasch zusammen, »ich war irgendwie in Gedanken. Die ganze Sache ist allzu rasch über mich gekommen.«

»Was denn? Welche Sache? So sprechen Sie doch!«

»Wissen Sie denn nicht? Hat Sie der Geheimrat nicht verständigt?«

»Nichts, nichts!« drängte sie ungeduldig, beinahe irrgemacht von seinem fahrigen, heißen, ausweichenden Blick »Was ist geschehen? Sagen Sie es mir doch!«

Da preßte er alle Muskeln zusammen, um sie klar und ohne Erröten anzusehen. »Der Herr Geheimrat war so gütig, mir eine große und verantwortliche Aufgabe zuzuteilen, und ich habe sie angenommen. Ich reise in zehn Tagen nach Mexiko — für zwei Jahre.«

»Für zwei Jahre! Um Gottes willen!« Ganz von innen fuhr schußhaft und heiß ihr Erschrecken heraus, mehr Schrei als Wort. Und in unwillkürlicher Abwehr spreizte sie die Hände zurück. Vergebens, daß sie in der nächsten Sekunde sich bemühte, das herausgeschleuderte Gefühl zu verleugnen, schon hatte er (wie war es geschehen?) ihre Hände, die von Angst leidenschaftlich vorgerissenen, in den seinen, ehe sie es wußten, schlugen ihre beiden bebenden Körper in Flammen zusammen, und in einem unendlichen Kuß tranken sich unzählige Stunden und Tage unbewußten Dürstens und Verlangens satt.

Nicht er hatte sie an sich gerissen und nicht sie

127

ihn, sie waren ineinandergefahren, wie von einem Sturm zusammengerissen, miteinander, ineinander stürzend in ein bodenloses Unbewußtes, in das hinabzusinken eine süße und zugleich brennende Ohnmacht war — ein zu lang aufgestautes Gefühl entlud sich, vom Magnet des Zufalls gezündet, in einer einzigen Sekunde. Und erst allmählich als die verklammerten Lippen sich lösten, noch taumelnd vor Unwahrscheinlichkeit, sah er in ihre Augen, in Augen mit fremdem Licht hinter der zärtlichen Dunkelheit. Und da erst überkam ihn strömend das Erkennen, daß diese Frau, die geliebte, lange schon, wochenlang, monatelang jahrelang ihn geliebt haben mußte, zärtlich verschwiegen, glühend müt-terlich, ehe solche Stunde ihr die Seele durchschlug. Und gerade dieses, das Unglaubhafte wurde nun Trunkenheit : er, er geliebt und geliebt von ihr, der Unnahbaren, — ein Himmel wuchs da auf, licht-durchbreitet und ohne Ende, strahlender Mittag seines Lebens, aber gleichzeitig schon niederstürz-end in der nächsten Sekunde mit schneidenden Splittern. Denn dies Erkennen war diesmal Abs-chied zugleich.

Die zehn Tage bis zur Abreise verbrachten die beiden in einem fanatischen Zustand unablässiger rauschhafter Raserei. Die plötzliche Explosion ihres einbekannten Gefühls hatte mit der ungeheuren Wucht ihres Luftdruckes alle Dämme und Hem-

mungen, alle Sitte und Vorsicht weggesprengt : wie
Tiere, heiß und gierig fielen sie einander an, wenn
sie in einem dunklen Gange, hinter einer Tür, in
einer Ecke, zwischen zwei gestohlenen Minuten
einander begegneten; Hand wollte Hand fühlen,
Lippe die Lippe, das unruhige Blut das geschwister-
liche fühlen, alles fieberte nach allem, jeder Nerv
brannte, Fuß, Hand, Kleid, irgendeinen lebendigen
Teil des lechzenden Leibes sinnlich zu fühlen. Dabei
mußten sie gleichzeitig sich beherrschen im Hause,
sie vor ihrem Mann, ihrem Sohn, ihren Dienstleu-
ten die immer wieder vorfunkelnde Zärtlichkeit
verstecken, er um den Kalkulationen, Konferenzen
und Berechnungen, mit denen er verantwortlich
beschäftigt war, geistig gewachen zu sein. Immer
haschten sie nur Sekunden, zuckende, diebische,
gefährlich umlautete Sekunden, nur mit den Händen, nur mit den Lippen, mit Blicken, mit gierig
errafftem Kuß konnten sie fliegend einander nahen,
und die dünstige, schwülende, schwälende Gegenwart des andern selbst Berauschten berauschte sie.
Aber nie war es genug, beide fühlten sie es : nie
genug. Und so schrieben sie einander brennende
Zettel, wirre lodernde Briefe steckten sie einander
wie Schullenaben in die Hände, abends fand er sie
knisternd unter dem schlaflosen Kissen, sie wieder
die seinen in den Taschen ihres Mantels, und alle
endeten sie im verrweifelten Schreien der unseligen

Frage : wie es ertragen, ein Meer, eine Welt, unzählige Monate, unzählige Wochen, zwei Jahre zwischen Blut und Blut, zwischen Blick und Blick? Sie dachten nichts anderes, sie träumten nichts anderes und keiner von ihnen wußte Antwort, nur die Hände, die Augen, die Lippen, die unwissenden Knechte ihrer Leidenschaft sprangen hin und wieder, lechzend nach Verbundensein, nach inniger Verpflichtung. Und dann wurden jene diebischen Augenblicke des Sich-Fassens, zuckenden Umschlingens zwischen angelehnten Türen, diese angstvollen Augenblicke so bacchantisch überfließend von gleichzeitiger Lust und Angst.

Aber nie war ihm, dem Lechzenden, ganzer Besitz des geliebten Leibes vergönnt, den er hinter dem unfühlsamen, hemmenden Kleid leidenschaftlich gebäumt sich doch nackt und heiß entgegendrängend fühlte — nie kam er ihm in dem überhellten, immer wachen und menschendurchhorchten Haus wirklich nahe. Nur am letzten Tag, als sie unter dem Vorwand, ihm einpacken zu helfen, in Wahrheit, um letzten Abschied zu nehmen, in sein schon abgeräumtes Zimmer kam und, gierig angerissen taumelnd unter der Wucht seines Ansprungs gegen die Ottomane stürzte und fiel, als seine Küsse schon unter dem aufgezerrten Kleid ihre gebäumte Brust überglühten und gierig die weiße heiße Haut entlang bis dort, wo ihr Herz ihm keuchend entgegenschlug, da, als sie in diesem nachgebenden Minuten beinahe schon sein war mit ihrem hingegebenen Leibe, da — da stammelte sie aus ihrem Ergriffensein ein letztes flehendes »Nicht jetzt! Nicht hier! Ich bitte dich darum.«

Und so gehorsam, so unterjocht war selbst sein Blut noch der Ehrfurcht vor der so lange heilig Geliebten, daß er noch einmal seine schon strömenden Sinne zurückriß und zurückriß von ihr, die taumelnd aufstand und das Gesicht vor ihm verbarg. Er selbst blieb zuckend und mit sich selbst im Kampfe, gleichfalls abgewendet und so sichtlich der Trauer seiner Enttäuschung untertan, daß sie fühlte, wie sehr seine unbegnadete Zärtlichkeit an ihr litt. Da trat sie, ganz wieder Herrin ihres Gefühls, ihm nah und tröstete ihn leise : »Ich durfte es nicht hier, nicht hier in meinem, in seinem Haus. Aber wenn du wiederkommst, wann immer du willst.«

Der Zug hielt ratternd an, aufkreischend unter dem Zangengriff der angezogenen Bremse. Wie ein Hund unter der Peitsche erwachend, tauchte sein Blick aus dem Träumerischen auf, aber — beglückte Erkenntnis! — siehe, da saß sie ja, die Geliebte, die lang Entfernte, da saß sie ja, still und atemnah. Die Krempe des Hutes verschattete ein wenig das zurückgelehnte Gesicht. Aber als hätte sie unbewußt verstanden, daß sein Wunsch sich nach ihrem Antlitz sehne, richtete sie sich jetzt auf, und ein lindes Lächeln kam ihm entgegen. »Darmstadt«, sagte sie hinausblickend, »noch eine Station.« Er antwortete nicht. Er saß und sah sie nur an. Ohnmächtige Zeit, dachte er innen, Ohnmacht der Zeit wider unser Gefühl : neun Jahre seitdem und nicht ein Ton ihrer Stimme ist anders geworden, nicht ein Nerv meines Leibes hört anders ihr zu. Nichts ist verloren, nichts ist vergangen, zärtliche Beglückung wie damals ihre Gegenwart.

Leidenschaftlich sah er auf ihren still lächelnden Mund, den einmal geküßt zu haben, er sich kaum entsinnen konnte, und sah hin auf ihre Hände, die ausgeruht und locker auf dem Schoße glänzten : unendlich gern hätte er sich niedergebeugt und sie mit den Lippen berührt oder die stillgefalteten in seine genommen, eine Sekunde nur, eine Sekunde! Aber schon begannen die gesprächigen Herren im Coupé ihn neugierig zu mustern und um sein Geheimnis zu hüten, lehnte er sich wieder wortlos zurück. Wieder blieben sie einander ohne Zeichen und Wort gegenüber, und nur ihre Blicke küßten einander.

Draußen schrillte ein Pfiff, der Zug hub wieder an zu rollen, und seine schwingende Monotonie schaukelte, stählerne Wiege, ihn wieder in die Erinnerung zurück. Oh, dunkle und unendliche

Jahre zwischen damals und heute, graues Meer zwischen Ufer und Ufer, zwischen Herz und Herz! Wie war es nur gewesen? Irgendeine Erinnerung war da, an die wollte er nicht rühren, nicht sich besinnen an jene Stunde des letzten Abschieds, die Stunde am Perron der gleichen Stadt, wo er heute aufgeweiteten Herzens ihrer gewartet. Nein, weg damit, vorbei daran, nicht mehr daran denken, es war zu fürchterlich. Weiter zurück, weiter zurück flatterten die Gedanken : andere Landschaft, andere Zeit tat sich träumerisch auf, vom rasch ratternden Takt der Räder hergerissen. Er war damals zerrissener Seele nach Mexiko gegangen, und die ersten Monate, die ersten entsetzlichen Wochen, ehe er von ihr eine Nachricht empfangen hatte, vermochte er nicht anders zu ertragen, [als] daß er sich das Gehirn vollstopfte mit Zahlen und Entwürfen, den Körper todmüdete mit Ritten ins Land und Expeditionen, von endlosen und doch entschlossen zu Ende geführten Unterhandlungen und Untersuchungen. Von Früh bis Nacht schloß er sich ein in dieses zahlenhämmernde, redende, schreibende pausenlos werkende Maschinenhaus des Betriebs, nur um zu hören, wie die innere Stimme einen Namen, ihren Namen verzweifelt aufrief. Er übertäubte sich mit Arbeit wie mit Alkohol oder Gift, nur um die Gefühle, die übermächtigen, dumpf zu machen. Jeden Abend aber, so müde er

133

auch war, setzte er sich hin, um Blatt auf Blatt, Stunde um Stunde alles zu verzeichnen, was er tagsüber getan, und mit jeder Post sandte er ganze Stöße solche zitternd beschriebener Blätter an eine vereinbarte Deckadresse, damit die ferne Geliebte genau so wie im Haus an seinem Leben stündlich teilnehmen könne und er den milden Blick über tausend Meermeilen, Hügel und Horizonte ahnungshaft auf seinem Tagewerk ruhen fühlte. Dank dafür boten die Briefe, die er von ihr erhielt. Aufrechter Schrift und ruhigen Wortes, Leidenschaft verratend, aber doch in gebändigter Form : sie erzählten ernst, ohne zu klagen, von der Tage Gang, und ihm war, als fühlte er blau das sichere Auge auf sich gerichtet, nur das Lächeln fehlte darin, das leicht begütigende Lächeln, das allem Ernst seine Schwere nahm. Diese Briefe waren Trank und Speise des Einsamen geworden. Leidenschaftlich nahm er sie mit sich auf Reisen durch Steppen und Gebirge, in den Sattel hatte er eigene Taschen nähen lassen, daß sie geschützt waren gegen die plötzlichen Wolkenbrüche und die Nässe der Flüsse, die sie auf Expeditionen durchqueren mußten. So oft hatte er sie gelesen, daß er sie auswendig wußte, Wort um Wort, so oft entfaltet, daß die Bugstellen darin durchsichtig geworden waren und einzelne Worte verwischt von Küssen und Tränen. Manchmal, wenn er allein war

134

und niemand um sich wußte, nahm er sie vor, um sie Wort für Wort in ihrem Stimmfall zu sprechen und so die Gegenwart der Entfernten magisch zu beschwören. Manchmal stand er plötzlich auf in der Nacht, wenn ihm ein Wort, ein Satz, eine Schlußformel entfallen war, entzündete Licht, um sie wiederzufinden und in ihren Schriftzügen sich das Bildnis der Hand zu erträumen, und von der Hand empor, Arm, Schulter, Haupt, die ganze über Meer und Land hergetragene Gestalt. Und wie ein Holzfäller im Urwald, so hieb er mit Berserkerwut und Kraft hinein in die vor ihm wilde und undurchdringlich noch drohende Zeit, ungeduldig schon, sie licht zu sehen, den Ausblick der Rückkehr, die Stunde der Reise, den Ausblick, den tausendmal vorgetäuschten, des wieder ersten Umfangens. In dem rasch gezimmerten, blechgedeckten Holzhaus der neugeschaffenen Arbeiterkolonie hatte er sich über dem roh gezimmerten Bett einen Kalender aufgehängt, darin strich er jeden Abend, oft schon ungeduldig am Mittag den abgewerkten Tag ab und zählte und überzählte die immer kürzere schwarz-rote Reihe der noch zu ertragenden : 420, 419, 418 Tage bis zur Wiederkehr. Denn er zählte nicht wie die andern Menschen seit Christi Geburt von einem Anfang an, sondern immer nur auf eine bestimmte Stunde zu, die Stunde der Heimkehr. Und immer wenn diese

Zeitspanne zu einer runden Zahl sich formte, zu 400, zu 350 oder 300, oder wenn ihr Geburtstag, ihr Namenstag, oder jene heimlichen Festtage, etwa da er sie zum erstenmal gesehen, oder jener, da sie ihm zum erstenmal ihr Gefühl verraten, — immer gab er dann den unwissend staunenden und fragenden Leuten um sich eine Art Fest. Er beschenkte die schmierigen Kinder der Mestizen mit Geld und die Arbeiter mit Branntwein, daß sie johlten und sprangen wie braune wilde Füllen, er zog sein Sonntagskleid an, ließ Wein holen und die besten Konserven. Eine Fahne flatterte dann, Flamme der Freude, von eigens aufgestockter Stange, und kamen Nachbarn und Helfer neugierig, welchen Heiligen oder kuriosen Anlaß er feiere, so lächelte er nur und sagte : »Was geht's euch an? Freut euch mit mir!«

So ging es Woche und Monat, so werkte sich ein Jahr zu Tode und weiter ein halbes Jahr, schon waren es nur mehr sieben kleine winzige armselige Wochen bis zur bestimmten Rückkehr. Längst hatte er sich in maßloser Ungeduld die Bootsfahrt ausgerechnet und zum Staunen der Booker seinen Kabinenplatz auf der ›Arcansas‹ hundert Tage früher schon belegt und ausbezahlt : da kam jener katastrophische Tag, der mitleidslos nicht nur seinen Kalender durchriß, sondern Millionen Schicksale und Gedanken gleichgiltig zerfetzte. Katastrophischer Tag : frühmorgens war der Geometer mit zwei Vorarbeitern und hinten ein Trupp eingeborener Diener mit Pferden und Mauleseln aus der schwefelgelben Ebene hinauf in das Gebirge geritten, um eine neue Bohrungsstelle zu untersuchen, wo man Magnesit vermutete : zwei Tage hämmerten, gruben, pochten und forschten die Mestizen unter den senkrechten Stichen einer unerbittlichen Sonne, die rechtwinkelig ab vom nackten Gestein noch ein zweitesmal gegen sie sprang : aber wie ein Besessener trieb er die Arbeiter an, gönnte seiner durstigen Zunge nicht die hundert Schritte zur rasch gegrabenen Wassergrube — er wollte zurück sein zur Post, ihren Brief sehen, ihre Worte. Und als am dritten Tage die Tiefe noch nicht erreicht war, die Probe noch nicht endgiltig, überfiel ihn die unsinnige Leidenschaft nach ihrer Botschaft, der Durst nach ihren Worten dermaßen wahnwitzig, daß er beschloß, allein die ganze Nacht zurückzureiten, nur um jenen Brief zu holen, der gestern mit der Post gekommen sein mußte. Gleichmütig ließ er die andern in dem Zelt zurück und ritt, nur von einem Diener begleitet, auf gefährlich dunklem Saumpfad die ganze Nacht bis zur Eisenbahnstation Aber als sie am Morgen auf dampfenden Pferden, durchfroren von der eisigen Felsengebirgskälte endlich in den kleinen Ort einritten, überraschte sie ungewohnter Anblick. Die paar weißen Ansiedler

137

hatten ihre Arbeit gelassen und umstanden inmitten eines schreienden, fragenden, dumm glotzenden Wirbels von Mestizen und Eingeborenen die Station. Es kostete Mühe, den aufgeregten Knäuel zu durchstoßen. Dort erfuhren sie dann am Amt unvermutete Nachricht. Von der Küste waren Telegramme gekommen, Europa stände im Krieg, Deutschland gegen Frankreich, Österreich gegen Rußland. Er wollte es nicht glauben, stieß dem stolpernden Gaul die Sporen so grimmig in die Weichen, daß das erschrockene Tier wiehernd aufbockte, und jagte hin zum Regierungsgebäude, um dort noch niederschmetterndere Botschaft zu hören : es war richtig und noch ärger, England hatte gleichfalls den Krieg erklärt, das Weltmeer für Deutsche verschlossen. Der Eiserne Vorhang zwischen dem einen Kontinent und dem andern war für unberechenbare Zeit schneidend niedergefallen.

Vergebens, daß er in erster Wut mit geballter Faust auf den Tisch schlug, als wollte er damit das Unsichtbare treffen : so wüteten ja Millionen machtloser Menschen jetzt gegen die Kerkerwand des Schicksals. Sofort erwog er alle Möglichkeiten, sich hinüberzuschmuggeln auf listige, auf gewaltsame Weise, dem Schicksal Schach zu bieten, aber der englische, zufällig anwesende Konsul, ihm befreundet, deutete ihm mit vorsichtiger Warnung

an, er sei gezwungen, von nun an jeden seiner
Schritte zu bewachen. So tröstete ihn einzig die
Hoffnung, die bald betrogene von Millionen ande-
rer Menschen, ein solcher Wahnwitz könne nicht
lange dauern, in einigen Wochen, einigen Monaten
müsse dieser Tölpelstreich entfesselter Diplomaten
und Generäle zu Ende sein. Und diesem dünnen
Fusel Hoffnung gab bald ein anderes Element, ein
noch blühenderes, stärker betäubendes Kraft : die
Arbeit. Durch Kabeldepeschen über Schweden
erhielt er von seiner Firma den Auftrag, um einer
möglichen Sequestration vorzubeugen, das Unternehmen selbständig zu machen und als mexikani-
sche Compagnie mit einigen Strohmännern zu
führen. Das erforderte äußerste Energie der Bewäl-
tigung, bedurfte doch auch der Krieg, dieser
herrische Unternehmer, Erz aus den Gruben, der
Abbau mußte beschleunigt, der Betrieb intensiviert
werden. Das spannte alle Kräfte, überdröhnte jeden
eigenmächtigen Gedanken. Er arbeitete zwölf,
vierzehn Stunden des Tages mit fanatischer Verbis-
senheit, um dann abends erschlagen von diesem
Katapult von Zahlen traumlos ermüdet und unbewußt ins Bett zu sinken.

Aber doch : indes er noch unverwandt zu fühlen
meinte, lockerte sich von innen her allmählich die
leidenschaftliche Umspannung. Es liegt nicht im
Wesen der menschlichen Natur, einzig von Erinne-

rungen zu leben, und so wie die Pflanzen und jegliches Gebilde Nährkraft des Bodens und immer neu gefiltertes Licht des Himmels brauchen, damit ihre Farben nicht verblassen und die Kelche [nicht] welk zerblättern, so bedürfen selbst Träume, auch sie, die scheinbar unirdischen, einer gewissen Nahrung vom Sinnlichen her, einer zarten und bildhaften Nachhilfe, sonst gerinnt ihr Blut und ihre Leuchtkraft verblaßt. So geschah es auch diesem Leidenschaftlichen, ehe er es selbst bemerkte – als Wochen, Monate und schließlich ein Jahr und dann ein zweites keine einzige Botschaft, kein geschriebenes Wort, kein Zeichen von ihr mehr herüberkam, da begann allmählich ihr Bild zu verdämmern. Jeder in Arbeit verbrannte Tag legte ein paar Stäubchen Asche über die Erinnerung; noch glühte sie durch wie rote Glut unter dem Rost, doch schließlich war der graue Belag dichter und dichter. Noch nahm er manchmal die Briefe hervor, aber die Tinte war blaß geworden, die Worte schlugen nicht mehr hinein in sein Herz, und einmal erschrak er im Anblick ihrer Fotografie, weil er sich nicht entsinnen konnte der Farbe ihrer Augen. Und immer seltener zog er die einst so kostbaren Zeugnisse, die magisch belebenden, heran, ohne es zu wissen, schon müde ihres ewigen Stilleseins, des sinnlosen Sprechens mit einem Schatten, der keine Antwort gab. Außerdem hatte die rasch entstandene Unternehmung Menschen und Gefährten hergebracht, er suchte Gesellschaft, suchte Freunde, suchte Frauen. Und als ihn eine Geschäftsreise im dritten Jahr des Krieges in das Haus eines deutschen Großkaufmannes führte, nach Vera Cruz, und er dort seine Tochter kennenlernte, still, blond und von häuslicher Art, da überwältigte ihn die Angst von diesem unablässigen Alleinsein inmitten einer vom Haß, Krieg und Tollheit hinabstürzenden Welt. Er entschloß sich rasch und heiratete das Mädchen. Dann kam ein Kind, ein zweites folgte, lebende blühende Blumen über dem vergessenen Grab seiner Liebe : nun war der Kreis rund geschlossen, außen lärmende Tätigkeit, innen häusliches Ruhen, und von dem früheren Menschen, der er gewesen, wußte er nach vier oder fünf Jahren nichts mehr.

Nur einmal kam ein Tag, [ein] brausender, glocken, stürmender Tag, da die Telegrafendrähte zuckten und in allen Gassen der Stadt zugleich schreiende Stimmen faustgroße Lettern die endliche Botschaft des Friedensschlusses aufriefen, da die Engländer und Amerikaner des Ortes mit rücksichtslosem Hurra-Rufen in allen Fenstern die Vernichtung seiner Heimat schmetterten, — an diesem Tag stand, aufgerissen von all den Erinnerungen an das gerade im Unglück wieder geliebte Land, auch jene Gestalt wieder in ihm auf, zwingend trat sie in sein Gefühl. Wie mochte es ihr ergangen sein während all dieser Jahre des Elends und der Entbehrungen, das hier die Zeitungen mit behaglicher Breite und journalistischer frecher Betriebsamkeit breit und spaßend auswälzten? War ihr Haus, sein Haus, verschont geblieben von den Revolten und Plünderungen, ihr Mann, ihr Sohn, lebten sie noch? Mitten in der Nacht stand er auf von der Seite seiner atmenden Frau, zündete Licht an und schrieb fünf Stunden lang bis zum Morgengrauen einen nicht enden wollenden Brief, in dem er ihr, monologisch zu sich selber sprechend, sein ganzes Leben in diesem Jahrfünft erzählte. Nach zwei Monaten, schon hatte er des eigenen Briefes vergessen, kam die Antwort: unschlüssig wog er das umfangreiche Couvert in den Händen, aufrührerisch schon durch die innig vertraute Schrift: er wagte nicht gleich das Siegel zu brechen, als hielte, Pandorens Gefäß gleich, dieses Verschlossene ein Verbotenes in sich. Zwei Tage lang trug er ihn uneröffnet in der Brusttasche: manchmal spürte er wie sein Herz dawiderschlug. Aber der Brief, endlich eröffnet, war einerseits ohne andrängende Vertraulichkeit und doch jeder kalten Förmlichkeit bar: unverstellt atmete er in ruhigen Schriftzügen jene zarte Neigung aus, die ihn von je an ihr so sehr beglückte. Ihr Mann war gestorben, gleich zu Anfang des Krieges, fast wage sie dies nicht zu beklagen, denn so sei ihm erspart geblieben, die Gefährdung seines Unternehmens, die Besetzung ihrer Stadt und das Elend seines allzu vorzeitig siegestrunkenen Volkes zu sehen. Sie selbst und ihr Sohn seien gesund, und wie freue es sie, von ihm Günstiges zu erfahren, Besseres als sie selbst zu berichten habe. Zur Verheiratung beglückwünschte sie ihn klar und in ehrlichen Worten : unwillkürlich horchte er sie mißtrauischen Herzens an, aber kein versteckter, verschlagener Nebenton dämpfte ihren klaren Anschlag. Alles war rein gesagt, ohne jede ostentative Übertriebenheit oder sentimentalische Rührung, alles Vergangene schien rein gelöst in fortwirkende Teilnahme, die Leidenschaft lichthaft geklärt zu kristallener Freundschaft. Nie hatte er es anders von ihrer Herzensvornehmheit erwartet, aber doch, diese klare sichere Art fühlend (er meinte mit einmal wieder in ihre Augen zu blicken), ernst und doch lächelnd in einem Wiederglanz der Güte, da überkam ihn eine Art dankbarer Rührung : sofort setzte er sich hin, schrieb ihr lange und ausführlich, und die langentbehrte Gewohnheit des gegenseitigen Lebensberichts war wieder einverständlich aufgenommen — hier hatte der Wettersturz einer Welt nichts zu zerstören vermocht.

Mit tiefer Dankbarkeit empfand er nun die klare Form seines Lebens. Der Aufstieg war gelungen.

das Unternehmen prosperierte, im Haus wuchsen Kinder aus zarter Blumenhaftigkeit allmählich zu sprechenden, freundlich blickenden Spielwesen empor, die ihm den Abend erheiterten. Und vom Vergangenen her, von jenem Feuerbrand seiner Jugend, in dem seine Nächte, seine Tage qualvoll sich verzehrten, kam nurmehr ein Leuchten her, ein stilles gutes Freundschaftslicht, ohne Forderung und Gefahr. So war es ein nur selbstverständlicher Gedanke als er zwei Jahre später, von einer amerikanischen Compagnie beauftragt, in Berlin wegen chemischer Patente zu verhandeln, in Deutschland mit der nun zur Freundin gewordenen Geliebten von einst einen Gruß naher Gegenwart zu tauschen. Kaum in Berlin eingelangt, war es sein erstes, im Hotel telefonisch Frankfurt zu verlangen : symbolisch war es ihm, daß die Nummer sich nicht verändert hatte in diesen neun Jahren. Gute Vorbedeutung, dachte er, nichts hat sich verändert. Da klirrte schon auf dem Tisch frech die Klingel des Apparates, und plötzlich zitterte er im Vorgefühl, nun nach Jahren und Jahren wieder ihre Stimme zu vernehmen, hergeschleudert über Felder, Äcker, Häuser und Kamine, aufgerufen von seinem Klang, nah über diese Meilen von Jahren und Wasser und Erde. Und kaum daß er seinen Namen genannt und plötzlich mit einem aufschreckenden Schrei staunender Überraschung ihr »Ludwig, bist du es?«

ihm entgegendrang, in die horchenden Sinne zuerst und dann gleich hinabpochend in die plötzlich gestaute Herzkammer des Blutes, da hielt ihn plötzlich etwas in Feuer : er hatte Mühe weiterzusprechen, das leichte Hörrohr taumelte in seiner Hand. Dieser helle aufschreckende Ton ihres Überraschtseins, dieser klingende Stoß der Freude, mußte irgendeinen verborgenen Nerv seines Lebens getroffen haben, denn er fühlte das Blut an die Schläfen surren, mit Mühe verstand er ihre Worte. Und ohne daß er es selbst wußte und wollte, gleichsam als hätte es ihm jemand zugeflüstert, versprach er, was er gar nicht sagen gewollt, er würde übermorgen nach Frankfurt kommen. Und damit war seine Ruhe dahin ; fiebrig erledigte er die Geschäfte, jagte in Automobilen herum, um die Verhandlungen mit doppelter Geschwindigkeit zu perfektionieren. Und als er am nächsten Morgen aufwachend dem Traum dieser Nacht nachspürte, wußte er : seit Jahren, seit vier Jahren wieder zum erstenmal hatte er von ihr geträumt.

Zwei Tage später, als er, angekündigt durch ein Telegramm nach durchfrorener Nacht morgens sich ihrem Hause näherte, da merkte er plötzlich, auf seine eigenen Füße schauend : das ist nicht mein Schritt, nicht mein Schritt von drüben, mein fester, gerade fortsteuernder, sicherer Schritt. Warum gehe ich wieder so wie der schüchterne, ängstliche

Dreiundzwanzigjährige von damals, der beschämt seinen abgeschabten Rock noch einmal zitternden Fingers abstaubt und sich die neuen Handschuhe über der Hände zieht, ehe er an die Klingel rührt? Warum schlägt mir mit einmal das Herz, warum bin ich befangen? Damals da spürte geheime Ahnung das Schicksal hinter dieser kupfernen Türe hocken, mich anzufassen, zärtlich oder böse. Aber heute, warum ducke ich mich, warum löst diese aufschwellende Unruhe wieder alles Feste und Sichere in mir? Vergebens bemühte er sich seiner zu besinnen, rief seine Frau, die Kinder, sein Haus, sein Unternehmen, das fremde Land in seinen Sinn. Aber wie weggetragen von gespenstigem Nebel dämmerte dies alles: er spürte sich allein und noch immer wie ein Bittender, wie der ungelenke Knabe vor ihrer Nähe. Und die Hand ward zitternd und heiß, die er nun auf die metallene Klinke legte.

Aber kaum eingetreten, verschwand schon die Fremdheit, denn der alte Diener, abgemagert und in sich eingetrocknet, hatte fast Tränen in den Augen. »Der Herr Doktor«, stammelte er über ein Schluchzen hinweg. Odysseus, mußte der mit ihm Erschütterte denken, die Hunde im Hause erkennen dich: wird dich die Herrin erkennen? Aber da schob sich schon die Portiere beiseite, gebreiteter Hände kam sie ihm entgegen. Einen Augenblick, indes die Hände ineinander blieben, sahen sie sich an. Kurz und doch magisch erfüllte Pause des Vergleichens, Betrachtens, Abtastens, feurigen Nachdenkens, beschämter Beglückung und das Beglücktsein schon wieder verbergender Blicke. Dann erst löste sich die Frage in ein Lächeln, der Blick in vertraulichen Gruß. Ja, sie war es noch, ein wenig gealtert allerdings, links bog sich silberne Strähne durch das immer noch gleich gescheitelte Haar, noch stiller um einen Ton, noch ernster machte dieser Silberschein ihr mildes trauliches Gesicht und den Durst unendlicher Jahre fühlte er nun, wie er diese Stimme trank, die sanfte durch weichen Dialekt so sehr trauliche, die ihn nun grüßte : »Wie lieb von dir, daß du gekommen bist.«

Wie das klang, rein und frei, als sei eine Stimmgabel tönend angeschlagen : nun hatte das Gespräch seinen Ton und Halt, Fragen und Erzählen ging wie rechte und linke Hand über die Tasten, klingend und klar ineinander. All die gestaute Schwüle und Befangenheit war gelöst vom ersten Wort ihrer Gegenwart. Solange sie sprach, gehorchte ihr jeder Gedanke. Aber kaum daß sie einmal, ergriffen nachdenkend, schwieg, die sinnend gesenkten Lider die Augen unsichtbar machten, huschte wie ein Schatten plötzlich leichtfüßig die Frage durch ihn hin : »Sind das nicht die Lippen, die ich geküßt ?« Und als sie dann für einen Augenblick ans Telefon gerufen. ihn im Zimmer allein ließ, drängte unge bärdig von überall Vergangenes auf ihn zu. Solange ihre klare Gegenwart herrschte, duckte sich diese unsichere Stimme, jetzt abeɪ hatte jeder Sessel, jedes Bild eine leise Lippe, und alle sprachen sie auf ihn ein, unhörbares Geflüster, ihm allein verständlich und offenbar. In diesem Haus habe ich gelebt, mußte er denken, etwas von mir ist zurückgeblieben, etwas noch da von jenen Jahren, ich bin noch nicht ganz drüben, nicht ganz noch in meiner Welt. Sie trat wieder zurück in das Zimmer, heiter selbstverständlich, und wieder duckten sich die Dinge. »Du bleibst doch zu Mittag, Ludwig«, sagte sie mit heiterer Selbstverständlichkeit. Und er blieb, blieb den ganzen Tag an ihrer Seite, und sie blickten zusammen im Gespräch in die vergangenen Jahre zurück, und ihm schienen sie erst wirklich wahr, seit er sie hier erzählte. Und als er endlich Abschied nahm, ihre mütterlich milde Hand geküßt und die Tür hinter sich geschlossen hatte, war ihm, als sei er niemals weg gewesen.

Nachts aber, allein im fremden Hotelzimmer, nur das Ticken der Uhr neben ihm und mitten in der Brust ein noch heftiger schlagendes Herz, wich dieses beruhigte Gefühl. Er konnte nicht schlafen, stand auf und zündete Licht, löschte wieder ab, um schlaflos weiterzuliegen. Immer mußte er an ihre Lippen denken und daß er sie anders gekannt als in dieser sanft redenden Vertraulichkeit. Und mit einmal wußte er, daß alle diese plaudernde Gelassenheit zwischen ihnen doch Lüge war, daß irgend noch ein Unerlöstes und Ungelöstes in ihrer Beziehung war und daß alle Freundschaft nur künstlich aufgetane Maske war über einem nervösen, fahrigen, von Unruhe und Leidenschaft verwirrten Gesicht. Zu lange, in zuviel Nächten, im Lagerfeuer drüben in seiner Hütte, zuviele Jahre, zuviele Tage hatte er dieses Wiedersehen anders gedacht — ineinanderstürzend, brennende Umfassung, letzte Hingabe, stürzendes Kleid — als daß dieses Freundlichsein, dieses höfliche Plaudern und sich Erkunden ganz wahrhaft sein könnte. Schauspieler, sagte er sich und Schauspielerin, einer dem andern gegenüber, aber keiner betrügt doch den andern. Gewiß schläft sie ebensowenig wie ich diese Nacht.

Als er dann am nächsten Morgen zu ihr kam, mußte ihr das Unbeherrschte, Fahrige seines Wesens, der ausweichende Blick sofort aufgefallen sein, denn ihr erstes Wort war schon wirr, doch später fand sie nicht mehr das unbeschwerte Gleichgewicht des Gesprächs. Es zuckte hoch, fiel ab, es gab Pausen und Spannungen, die mit gewaltsamem Druck weggestoßen werden mußten. Irgend etwas stand zwischen ihnen, an dem sich die Fragen und Antworten unsichtbar zerstießen wie Fledermäuse gegen die Wand. Und beide spürten sie es, daß sie

149

über etwas [aneinander] vorbei oder über etwas hinweg sprachen, und schließlich, schon taumelig von diesem vorsichtigen Im-Kreise-Herumgehen der Worte, ermüdete das Gespräch. Er erkannte es rechtzeitig und schützte, als sie ihn wiederum zum Mittagessen einlud, eine dringende Besprechung in der Stadt vor.

Sie bedauerte das sehr und wirklich, jetzt wagte die scheue Wärme der Herzlichkeit sich wieder aus ihrer Stimme. Aber doch, sie wagte nicht ernstlich, ihn zu halten. Indes sie ihn hinausbegleitete, sahen sie nervös aneinander vorbei. Irgend etwas knisterte in den Nerven, immer wieder stolperte das Gespräch über das Unsichtbare, das mit ihnen von Zimmer zu Zimmer, von Wort zu Wort ging und nun ihnen schon, gewaltsam wachsend, den Atem drückte. So war es Erleichterung, als er, den Mantel schon umgeworfen, bei der Türe stand. Aber mit einmal wandte er sich entschlossen wieder zurück. »Ich wollte dich eigentlich noch etwas bitten, ehe ich fort gehe.« »Du mich bitten, gern!« lächelte sie, schon wieder angestrahlt von der Freude, ihm einen Wunsch erfüllen zu können.

»Es ist vielleicht töricht«, sagte er zögernden Blicks », aber gewiß, du wirst es begreifen, ich hätte gern noch einmal das Zimmer gesehen, mein Zimmer, wo ich zwei Jahre gewohnt. Ich bin immer unten in den Empfangsräumen, den Zimmern für die Fremden gewesen, und siehst du, wenn ich jetzt heimginge, hätte ich gar nicht das Gefühl, zu Hause gewesen zu sein. Wenn man älter wird, sucht man seine eigene Jugend und hat seine dumme Freude an kleinen Erinnerungen.«

»Du und älter werden, Ludwig«, entgegnete sie fast übermütig, »daß du so eitel bist! Sieh lieber mich an, da dieser graue Streif hier im Haar. Wie ein Knabe bist du doch gegen mich und will schon vom Altern reden: lasse mir doch das kleine Vorrecht! Aber wie vergeßlich von mir, daß ich dich nicht gleich in dein Zimmer führte, denn dein Zimmer ist es ja noch immer. Nichts wirst du verändert finden: in diesem Hause ändert sich nichts.«

»Ich hoffe, du auch nicht«, versuchte er zu scherzen, aber da sie ihn ansah, wurde sein Blick unwillkürlich zärtlich und warm. Sie errötete leicht. »Man altert, aber man bleibt derselbe.«

Sie gingen hinauf in sein Zimmer. Schon beim Eintreten ereignete sich eine leichte Peinlichkeit: sie war öffnend zurückgewichen, um ihm den Vortritt zu lassen, und durch die gleichzeitige Bewegung beiderseitiger Höflichkeit stießen flüchtig ihre Schultern im Türrahmen zusammen. Beide schreckten unwillkürlich zurück, aber schon dieses flüchtigste Anstreifen von Leib an Leib genügte, sie verlegen zu machen. Wortlos umschlug sie, doppelt fühlbar im lautlosen leeren Raum, eine lähmende Befangenheit : nervös hastete sie an den Zugstreifen des Fensters, die Gardinen hochzuziehen, damit mehr Licht in die gleichsam geduckte Dunkelheit der Dinge falle. Aber kaum, daß jetzt im plötzlichen Guß Grelligkeit hereinstürzte, war es, als ob alle Gegenstände plötzlich Blicke bekämen und unruhig aufgeschreckt sich regten. Alles trat bedeutsam vor und sprach eine Erinnerung zudringlich aus. Hier der Schrank, den ihre sorgende Hand immer heimlich für ihn geordnet, dort die Bücherwand, die sich sinnvoll nach seinen flüchtigsten Wünschen gefüllt, da — schwüler sprechend noch — das Bett, unter dessen übergebreiteter ? Decke er unzählige Träume von ihr begraben wußte. Dort in der Ecke — heiß fuhr ihn der Gedanke an — die Ottomane, wo sie sich ihm damals entwunden : überall spürte er, entzündet von der nun brennenden, aufflackernden Leidenschaft Zeichen und Botschaft von ihr, von derselben, die jetzt neben ihm stand, still atmend, gewaltsam fremd, abgewandten, unfaßbaren Blicks. Und dieses Schweigen, das von Jahren her dick und eingesackt in dem Raume ruhte, blähte sich jetzt aufgeschreckt von der Gegenwart der Menschen mächtig auf, wie ein Luftdruck lag es auf der Lunge und dem niedergedrückten Herzen. Etwas mußte jetzt gesagt sein, etwas mußte dieses Schweigen wegstoßen, damit es

152

nicht erdrückte – beide spürten sie es. Und sie tat's – plötzlich sich umwendend.

»Nicht wahr, es ist alles genau so wie früher«, begann sie mit dem festen Willen, etwas Gleichgiltiges, Argloses zu sprechen (und doch zitterte ihre Stimme wie belegt). Aber er nahm den verbindlichen Konversationston nicht an, sondern preßte die Zähne.

»Ja, alles«, stieß ihm ein plötzlich aufschießender Ingrimm erbittert durch die Zähne. »Alles ist wie früher, nur wir nicht, wir nicht!«

Ein Biß, fuhr dieses Wort auf sie los. Erschreckt wandte sie sich um.

»Wie meinst du das, Ludwig?« Aber sie fand nicht seinen Blick. Denn seine Augen griffen jetzt nicht nach den ihren, sondern starrten stumm und lodernd zugleich auf ihre Lippen, auf die Lippen, die er seit Jahren und Jahren nicht berührt und die doch einst Fleisch brannten an seinem Fleisch, diese Lippen, die er gefühlt, feucht und inwendig wie eine Frucht. Geniert verstand sie das Sinnliche seines Anschauens, eine Röte überflog ihr Gesicht, geheimnisvoll sie verjüngend, so daß sie ihm die gleiche schien wie damals zur Stunde des Abschieds in dem gleichen Zimmer. Noch einmal versuchte sie, um diesen saugenden, diesen gefährlichen Blick von sich wegzuhalten, mit Absicht das Unverkennbare mißzuverstehen.

»Wie meinst du das, Ludwig?« wiederholte sie noch einmal, aber mehr Bitte war es, nicht sich zu erklären, als eine Frage um Antwort.

Da machte er eine feste entschlossene Bewegung, männlich stark faßte sein Blick jetzt den ihren. »Du willst mich nicht verstehen, aber ich weiß, du verstehst mich doch. Erinnerst du dich dieses Zimmers — und erinnerst du dich, was du mir in diesem Zimmer zugeschworen... wenn ich wiederkomme...«

Ihre Schultern zitterten, noch versuchte sie abzuwehren : »Laß das, Ludwig... das sind alte Dinge, rühren wir nicht daran. Wo ist die Zeit ?«

»In uns ist die Zeit«, antwortete er fest, »in unserem Willen. Ich habe neun Jahre gewartet mit verbissenen Lippen. Aber ich habe nichts vergessen. Und ich frage dich, erinnerst du dich noch ?«

»Ja«, blickte sie ihn ruhiger an, »auch ich habe nichts vergessen.«

»Und willst du« — er mußte Atem holen, damit das Wort wieder Kraft fände — »willst du es erfüllen ?«

Wieder sprang die Röte auf und wogte nun bis unter das Haar. Sie trat begütigend auf ihn zu : »Ludwig, besinn dich doch! Du sagtest, du hast nichts vergessen. Aber vergiß nicht, ich bin beinahe eine alte Frau. Mit grauen Haaren hat man nichts mehr zu wünschen, hat man nichts mehr zu geben. Ich bitte dich, laß das Vergangene sein.«

Aber wie eine Lust kam es über ihn, jetzt hart und entschlossen zu sein. »Du weichst mir aus«, drängte er ihr nach, »aber ich habe zu lange gewartet, ich frage dich, erinnerst du dich deines Versprechens?«

Ihre Stimme schwankte bei jedem Wort: »Warum fragst du mich? Es hat doch keinen Sinn, daß ich es dir jetzt sage, jetzt, wo alles zu spät ist. Aber wenn du es forderst, so antworte ich dir. Ich hätte dir nie etwas verweigern können, immer habe ich dir gehört, seit dem Tage da ich dich kannte.«

Er sah sie an: wie sie doch aufrecht war, selbst in der Verwirrung, wie klar, wie wahr, ohne Feigheit, ohne Ausflucht, immer dieselbe, die Geliebte, wundervoll sich bewahrend in jedem Augenblick, verschlossen und aufgetan zugleich. Unwillkürlich trat er auf sie zu, aber kaum sie das Ungestüme seiner Bewegung sah, wehrte sie schon bittend ab.

»Komme jetzt, Ludwig, komm, bleiben wir nicht hier, gehen wir hinunter; es ist Mittag, jeden Augenblick kann mich das Dienstmädchen hier suchen, wir dürfen nicht länger hier bleiben.«

Und so unwiderstehlich bog ihres Wesens Gewalt seinen Willen, daß er, genau wie damals, ihr wortlos gehorchte. Sie gingen hinab zum Empfangszimmer, durch den Flur und bis [zur] Tür, ohne ein Wort zu versuchen, ohne einander an zusehen. Bei der Tür wandte er sich plötzlich um und ihr zu.

»Ich kann jetzt nicht zu dir sprechen, verzeihe mir's. Ich will dir schreiben.«

Sie lächelte ihm dankbar zu. »Ja, schreibe mir, Ludwig, es ist besser so.«

Und kaum in sein Hotelzimmer zurückgelangt, warf er sich hin an den Tisch und schrieb ihr einen langen Brief, von Wort zu Wort, von Seite zu Seite immer zwanghafter hingerissen von der plötzlich verstoßenen Leidenschaft. Es sei sein letzter Tag in Deutschland für Monate, für Jahre, für immer vielleicht, und er wolle, er könne nicht so von ihr gehen mit der Lüge des kühlen Gesprächs, der Unwahrhaftigkeit gezwungen gesellschaftlichen Beisammenseins, er wolle, er müsse sie noch einmal sprechen, allein, losgelöst vom Haus, von der Angst und Erinnerung und Dumpfheit der überwachten, der abhaltenden Räume. Und so schlug er ihr vor, ihn mit dem Abendzug nach Heidelberg zu begleiten, wo sie beide einmal vor einem Jahrzehnt zu einem kurzen Aufenthalt gewesen, fremd einander noch und doch bewegt schon von der Ahnung innerer Nähe : heute aber solle es Abschied sein, der letzte, der tiefste, den er noch begehrte. Diesen Abend, diese Nacht fordere er noch von ihr. Hastig siegelte er den Brief, sandte ihn mit einem Boten in ihr Haus hinüber. In einer Viertelstunde schon war er zurück, ein kleines gelbgesiegeltes Couvert in den Händen. Zitternder Hand riß er es auf, nur ein Zettel war darin, ein paar Worte in ihrer festen entschlossenen Schrift, hastig und doch stark hingeschrieben :

»Es ist Torheit, was du verlangst, aber nie konnte, nie werde ich dir etwas verweigern ; ich komme.«

Der Zug verlangsamte seine Fahrt, eine Station, lichterflimmernd, gebot ihm zurückhaltenden Gang. Unwillkürlich hob des Träumenden Blick sich von innen heraus und griff suchend vor, um wieder zärtlich die sich ihm zugewandte, ganz ins Helldunkle gebettete Gestalt seines Traumes zu erkennen. Ja, da war sie ja, die immer Getreue, die still Liebende, sie war gekommen, mit ihm, zu ihm — immer wieder umfing er das Handgreifliche ihrer Gegenwart. Und als hätte etwas in ihr dieses Suchende seines Blickes, diese scheu liebkosende Berührung von ferne gefühlt, so richtete sie sich jetzt empor und blickte durch die Scheibe, hinter der eine ungewisse Landschaft feucht und frühlings-dunkel wie glitzerndes Wasser vorbeistrich.

»Wir müssen gleich ankommen«, sagte sie wie zu sich selber.

»Ja«, seufzte er tief, »es hat so lange gedauert.«

Er wußte selbst nicht, meinte er die Fahrt mit diesem ungeduldig aufstöhnenden Wort oder all die langen Jahre bis heran an diese Stunde : Verwirrung zwischen Traumhaftigkeit und Wirklichkeit durchwogte ihm das Gefühl. Er spürte nur, daß unter ihm knatternde Räder liefen, auf irgend etwas zu, irgendeinem Augenblick entgegen, das er sich aus einer merkwürdigen Dumpfheit nicht verdeutlichen konnte. Nein, nicht denken daran, nur so tief sich tragen lassen von einer unsichtbaren Macht, irgend etwas Geheimnisvollem entgegen, verantwortungslos, mit entspannten Gliedern. Eine Art bräutlichen Erwartens war das, süß und sinnlich und doch auch dunkel durchmengt von der Vorangst der Erfüllung, von jenem mystischen Schauer, wenn plötzlich ein unendlich Ersehntes leibhaftig herantritt an das aufstaunende Herz. Nein, nur nicht ausdenken jetzt, nichts wollen, nicht begehren, nur so bleiben, traumhaft gerissen ins Ungewisse, getragen von fremder Flut, nicht sich berührend und doch sich fühlend, sich begehrend und sich nicht erreichend, ganz hingeschwungen ins Schicksal und zurück ins Eigene gefügt. Nur so bleiben, noch stundenlang, eine Ewigkeit lang in dieser dauernden Dämmerung, umhüllt von Träumen und schon wie eine leise Bangnis meldete sich der Gedanke, dies könnte bald zu Ende sein.

Aber da flirrten schon, Johanniskäfern gleich, da und dort, hüben und drüben, immer lichter und lichter elektrische Funken im Tal, Laternen schossen zusammen in schnurgeraden Doppelreihen, Geleise überklirrten sich und da wölbte bereits eine blasse Kuppel hellerer Dunst aus der Dunkelheit.

»Heidelberg«, sagte aufstehend einer der Herren zu den anderen. Alle drei verstauten ihre geblähten Reisetaschen und hasteten, um früher beim Ausgang zu sein, aus dem Coupé. Schon ratterten stolperig die angebremsten Räder in das Bahnhofsrelais, es gab einen harten, aufrüttelnden Ruck, dann stockte die Geschwindigkeit, nur einmal noch quarrten die Räder wie ein gequältes Tier. Eine Sekunde saßen sie beide allein sich gegenüber, gleichsam erschreckt von der plötzlichen Wirklichkeit.

»Sind wir schon da?« Unwillkürlich klang es beängstigt!

»Ja«, antwortete er und stand auf. »Kann ich dir helfen?« Sie wehrte ab und ging hastig voraus. Aber bei dem Trittbrett des Waggons blieb sie noch einmal stehen, wie vor eiskaltem Wasser zauderte der Fuß einen Augenblick, hinabzusteigen. Dann gab sie sich einen Ruck, er folgte stumm. Und beide standen sie auf dem Perron dann einen Augenblick nebeneinander, hilflos, fremd, peinlich berührt, und der kleine Koffer pendelte ihm schwer in der Hand. Da stieß plötzlich die wieder anschneubende Maschine neben ihnen grell ihren Dampf aus. Sie zuckte zusammen, sah ihn dann blaß an, mit verwirrten und unsicheren Augen.

»Was hast du?« fragte er.

»Schade, es war so schön. Man fuhr so hin. Ich wäre gern noch so Stunden und Stunden gefahren.«

Er schwieg. Genau dasselbe hatte er in dieser Sekunde gedacht. Aber nun war es vorbei : etwas mußte geschehen.

»Wollen wir nicht gehen?« fragte er behutsam.

»Ja, ja gehen wir«, murmelte sie kaum verständlich. Aber dennoch blieben sie beide locker nebeneinander stehen, als wäre etwas in ihnen zerbrochen. Dann erst (er vergaß ihren Arm zu nehmen) wandten sie sich unschlüssig und verwirrt dem Ausgang zu.

Sie traten aus dem Bahnhof, aber kaum aus der Tür, stieß ein Brausen wie Sturm gegen sie, zerknattert von Trommeln, überschrillt von Pfeifen, wuchtiger tönender Lärm – eine vaterländische Demonstration der Kriegervereine und Studenten. Wandernde Mauer, Viererreihen nach Viererreihen, von Fahnen bewimpelt, krachend im Paradesschritt marschierten militärisch gewandete Männer in einem Takt wie ein einziger Mann, den Nacken starr rückgestoßen, gewaltsame Entschlossenheit, den Mund aufgehöhlt zum Gesang, eine Stimme, ein Schritt, ein Takt. In der ersten Reihe Generäle, weißhaarige Würdenträger, ordensüberdeckt flankiert von der Jungmannschaft, die in

160

athletischer Starrheit riesige Fahnen steif senkrecht trugen, Totenköpfe, Hakenkreuz, alte Reichbanner im Winde wehend, breit gespannt die Brust; vorgestoßen, die Stirn, als ginge es feindlichen Batterien entgegen. Wie von einer taktierenden Faust vorgestoßen, geometrisch, geordnet, marschierten Massen, zirkelhaft genau Abstand haltend und Schritt bewahrend, von Ernst jeder Nerv gespannt, Drohblick im Gesicht, und jedesmal wenn eine neue Reihe — Veteranen, Jungvolk, Studenten — an der erhöhten Estrade vorbeikam, wo das trommelnde Schlagwerk beharrlich im Rhythmus Stahl auf einem unsichtbaren Amboß zerschlug, ging militärisch stramm ein Ruck durch die Menge der Köpfe : links warfen eines Willens, einer Bewegung sich die Nacken herüber, aufzuckten wie auf Schnüren gerissen die Fahnen vor dem Heerführer, der steinernen Angesichts hart die Parade der Zivilisten abnahm. Bartlose, Flaumige oder Zerkerbt mit Falten, Arbeiter, Studenten, Soldaten oder Knaben, alle hatten sie diese Sekunde dasselbe Gesicht durch den harten, entschlossenen zornigen Blick, das aufgestoßene Kinn des Trotzes und die unsichtbare Geste des Schwertgriffes. Und immer wieder von Truppe zu Truppe hämmerte der prasselnde, in seiner Monotonie doppelt aufrührerische Trommeltakt die Rücken straff, die Augen hart — Schmiede des Krieges, der Rache, unsichtbar aufgestellt auf friedlichem Platz in einen von linden Wolken süß überflogenen Himmel hinein.

»Wahnsinn«, stammelte der Überraschte auftaumelnd zu sich selbst. »Wahnsinn! Was wollen sie? Noch einmal, noch einmal?«

Noch einmal diesen Krieg, der eben ihm sein ganzes Leben zerschlagen? Mit einem fremden Schauer sah er hinein in diese jungen Gesichter, starrte er hin auf die schwarz wandelnde Masse, die viergereihte, dies quadratische Filmband, das aus der engen Gasse einer dunklen Schachtel sich aufrollte, und jedes Antlitz, das er anfaßte, war gleich starr von entschlossener Erbitterung, eine Drohung, eine Waffe. Warum diese Drohung klirrend hinaufgereckt in einen milden Juniabend, hineingehämmert in eine freundlich hinträumende Stadt?

»Was wollen sie? Was wollen sie?« Noch immer würgte ihn diese Frage. Noch eben hatte er die Welt gläsern hell und klingend gefühlt, übersonnt von Zärtlichkeit und Liebe, war eingeschlagen gewesen in eine Melodie der Güte und des Vertrauens, und plötzlich da tappte dieser eherne Massenschritt alles nieder, militärisch gegürtet, tausendstimmig, tausendartig und doch nur eines atmend in Schrei und Blick, Haß, Haß, Haß.

Unwillkürlich faßte er ihren Arm, etwas War-

162

mes zu fühlen, Liebe, Leidenschaft, Güte, Mitleid, ein weiches beschwichtendes Gefühl, aber die Trommeln prasselten ihm die innere Stille entzwei, und jetzt, da alle die Tausende von Stimmen zu einem unverständlichen Kriegsgesang zusammendröhnten, die Erde bebte vom takthaft geschlagenen Schritt, die Luft explodierte von dem plötzlichen Hurra-Geschrei der riesigen Rotte, da war ihm als zerbreche innen etwas Zartes und Klingendes an diesem gewaltsamen, laut vordringenden Gedröhn der Wirklichkeit.

Eine leichte Berührung an seiner Seite schreckte ihn auf ihre Hand mit behandschuhten Fingern, zart die seine mahnend, nicht so wild sich zur Faust zu krampfen. Da wandte er den verhafteten Blick − sie sah ihn bittend an ohne Worte, nur am Arme fühlte er leise drängenden Zug.

»Ja, gehen wir«, murmelte er sich zusammenfassend, zog die Schultern hoch wie in Abwehr gegen etwas Unsichtbares und gab sich gewaltsamen Abstoß durch den günstig gedrängten Menschengallert, der wortlos wie er selbst und gebannt auf den unaufhörlichen Vormarsch der militärischen Legionen starrte. Er wußte nicht, wohin er sich durchrang, nur heraus aus diesem tosenden Tumult weg von hier, von diesem Platz, wo ein klirrender Mörser in unerbittlichem Takt alles Leise und Traumhafte in ihm zerstampfte. Nur fort sein, allein sein mit ihr, dieser einen, umwölbt von Dunkel, von einem Dach, ihren Atem fühlen, zum erstenmal seit zehn Jahren unbewacht, ungestört in ihre Augen schauen, ausgenießen dieses Alleinsein, vorgeschworen in unzähligen Träumen und nun schon fast weggeschwemmt von dieser wirbelnden, in Schrei und Schritt sich selbst immer wieder überrennenden Menschenwoge. Sein Blick griff nervös die Häuser ab, fahnenüberwimpelt sie alle, dazwischen manche, wo goldene Lettern Firmen ankündigten, und manche einen Gasthof. Mit einmal spürte er das leise Ziehen des kleinen Koffers mahnend in der Hand : irgendwo rasten, zu Hause sein, allein! Sich eine Handvoll Stille kaufen, ein paar Quadratmeter Raum! Und gleichsam Antwort gebend sprang jetzt vor hoher steinerner Fassade der goldglitzernde Name eines Hotels vor, und ihnen entgegen wölbte es sein gläsernes Portal. Sein Schritt wurde klein, sein Atem dünn. Beinahe betroffen blieb er stehen, unwillkürlich löste sich sein Arm aus dem ihren. »Dies soll ein gutes Hotel sein, man hat es mir empfohlen«, log stammelnd seine nervöse Verlegenheit.

Sie wich erschreckt zurück, Blut übergoß das blässe Gesicht. Ihre Lippen bewegten sich und wollten etwas sagen – vielleicht das Gleiche wie vor zehn Jahren, das aufgestörte »Nicht jetzt! Nicht hier«.

Aber da sah sie seinen Blick auf sich gerichtet, ängstlich, verstört, nervös. Und da senkte sie das Haupt in wortlosem Einverständnis und folgte ihm mit kleinen mutlosen Schritten die Schwelle des Eingangs empor.

In der Empfangsecke des Hotels stand, farbig bekappt und wichtigtuerisch wie der Kapitän am verantwortlichen Auslug des Schiffes, spielend der Portier hinter seinem distanzierenden Verschlag. Keinen Schritt ging er den zögernd Eintretenden entgegen, bloß ein flüchtig und schon geringschätzender, rasch taxierender Blick streifte den kleinen Toilettenkoffer. Er wartete, und man mußte bis an ihn heran, der mit einmal wieder emsig in den breit aufgeschlagenen Folioblättern der riesigen Strazze beschäftigt schien. Erst als der Einlaßwerbende schon ganz knapp vor ihm stand, hob er kühlen Blick und examierte sachlich streng : »Haben die Herrschaften bestellt?«, um dann die beinahe schuldbewußte Verneinung mit einem neuerlichen Blättern zu beantworten. »Ich fürchte, es ist alles besetzt. Wir hatten heute Fahnenweihe, aber —«, fügte er gnädig hinzu, »ich werde sehen, was sich machen läßt.«

Ihm eine in die Fresse schlagen können, diesem galonierten Feldwebel, dachte der Gedemütigte erbittert, Bettler hier wieder, Gnadennehmer und

Eindringling zum erstenmal seit einem Jahrzehnt. Aber inzwischen hatte der Wichtigtuerische seine umständliche Prüfung beendet. »Nummer 27 ist eben frei geworden, ein zweibettiges Zimmer, wenn Sie darauf reflektieren.« Was blieb übrig, als dumpf grollend ein rasches »Gut« zu sagen, und schon nahm die unruhige Hand den dargereichten Schlüssel, ungeduldig schon, schweigende Wände zwischen sich und dem Menschen zu haben. Da drängte von rückwärts noch einmal die strenge Stimme »Einschreiben, bitte«, und ein rechteckiges Blatt wurde ihm vorgelegt, zerschachtelt in zehn oder zwölf Rubriken, die er ausfüllen mußte, Stand, Name, Alter, Herkunft, Ort und Heimat, die aufdringliche Frage des Amts an den lebendigen Menschen. Das Widerwärtige ward fliegenden Stifts getan: nur als er ihren Namen eintragen mußte, unwahrerweise (was sonst einst geheimster Wunsch gewesen) dem seinen ehelich verbindend — da zitterte der leichte Bleistift ihm täppisch in der Hand. »Hier noch Dauer des Aufenthalts«, reklamierte der Unerbittliche, das Geschriebene nachprüfend und deutete mit fleischigem Finger auf die noch leere Rubrik. »Einen Tag«, zeichnte der Stift zornig ein: schon fühlte der Erregte seine Stirne feucht, er mußte den Hut abnehmen, so drückte ihm diese fremde Luft.

»Erster Stock links«, erläuterte flink zuspringend

ein höflich beflissener Kellner, als der Erschöpfte sich jetzt zur Seite wandte. Aber er suchte nur sie : sie hatte krampfhaft interessiert während der ganzen Prozedur vor einem Plakat reglos gestanden, das den Schubertabend einer unbekannten Sängerin verhieß, doch über die Schultern lief während dieses reglosen Dastehens eine zitternde Welle wie Wind über eine Wiese. Er merkte, beschämt, ihre gewaltsam beherrschte Erregtheit : wozu habe ich sie aus ihrer Stille gerissen, hierher, dachte er wider seinen Willen? Aber nun gab es kein Zurück. »Komm«, drängte er leise. Sie löste sich, ohne ihm ihr Gesicht zu zeigen, von dem fremden Plakat und ging die Treppe voraus, langsam, mühsam mit schweren Schritten : wie eine alte Frau, dachte er unwillkürlich.

Eine Sekunde nur hatte er es gedacht, wie sie, die Hand am Geländer, die wenigen Stufen sich hinaufmühte, und sofort den häßlichen Gedanken weggestoßen. Aber etwas Kaltes, Wehtuendes blieb an der Stelle der gewaltsam fortgestoßenen Empfindung.

Endlich waren sie oben im Gange : eine Ewigkeit diese zwei schweigenden Minuten. Eine Tür stand offen, es war ihr Zimmer : das Stubenmädchen manipulierte noch darin mit Staubtuch und Besen. »Einen Augenblick, ich mache gleich fertig«, entschuldigte sie sich, »das Zimmer ist eben geräumt worden, aber die Herrschaften können schon eintreten, ich bringe nur frisches Bettzeug.«

Sie traten ein. Die Luft stockte dick und süßlich im verschlossenen Raum, es roch nach Olivenseife und kaltem Zigarettenrauch, irgendwo duckte sich noch fremder Menschen gestaltlose Spur.

Frech und vielleicht noch menschenwarm stand in der Mitte das aufgewühlte Doppelbett als offenbarer Sinn und Zweck des Raumes : ihn ekelte vor dieser Deutlichkeit : unwillkürlich flüchtete er zum Fenster hin und stieß es auf : feuchte weichliche Luft, durchmengt mit verdunstetem Lärm der Straße quoll langsam vorbei an den zurückweichenden schwankenden Gardinen. Er blieb beim offenen Fenster und blickte angespannt hinaus auf die schon abgedunkelten Dächer : wie häßlich dieses Zimmer war, wie beschämend dies Hiersein, wie enttäuschend dies seit Jahren ersehnte Zuzweitsein, das weder er noch sie so plötzlich, so schamlos nackt gewollt! Drei, vier, fünf Atemzüge lang – er zählte sie – blickte er hinaus, feige vor dem ersten Wort; dann nein, das ging nicht an, zwang er sich herum. Und ganz wie er es vorausgefühlt, wie er es gefürchtet, stand sie steinern starr in ihrem grauen Staubmantel, mit niederhängenden, gleichsam geknickten Armen mitten im Zimmer als etwas, das hier nicht hineingehörte und nur durch gewaltsamen Zufall, durch Versehen in den widrigen Raum

168

geraten war. Sie hatte die Handschuhe abgestreift, offenbar um sie abzulegen, aber es mußte sie geekelt haben, sie an irgendeine Stelle dieses Zimmers zu tun : so pendelten sie, leere Hülsen, ihr leer in den Händen. Ihre Augen stockten wie hinter einem Schleier von Starre : nun da er sich wandte, strömten sie flehend ihm zu. Er verstand. »Wollen wir nicht« — die Stimme stolperte über den gepreßten Atem — »wollen wir nicht noch ein wenig spazierengehen?... Es ist doch so dumpf hier.«

»Ja... ja.« Wie befreit strömte das Wort ihr aus — losgekettete Angst. Und schon griff ihre Hand gegen die Türklinke. Er folgte ihr langsamer und sah : ihre Schultern zitterten wie die eines Tieres, das tödlicher Umkrallung entkommen.

Die Straße wartete warm und menschen-überwogt, noch war ihr strömiger Gang vom Kiel-wasser des festlischen Aufmarsches unruhig bewegt — so bogen sie seitab zu stilleren Gassen, zu dem waldigen Weg, dem gleichen, der sie vor einem Jahrzehnt auf sonntäglichem Ausflug zum Schlosse emporgeführt. »Erinnerst du dich, es war ein Sonntag«, sagte er unwillkürlich laut und sie, offenbar mit gleicher Erinnerung innerlich beschäf-tigt, antwortete leise. »Nichts mit dir habe ich vergessen. Otto ging mit seinem Schulfreund, sie eilten so ungestüm voraus — fast hätten wir sie

169

verloren im Wald. Ich rief nach ihm und rief, er möchte zurückkommen, und tat's doch wider Willen, denn mich drängte es doch mit dir allein zu sein. Aber damals waren wir einander noch fremd.«

»Und heute«, versuchte er zu scherzen. Aber sie blieb stumm. Ich hätte es nicht sagen sollen, fühlte er dumpf : was drängt mich, immer zu vergleichen, heute und damals. Aber warum glückt mir kein Wort heute zu ihr : immer drängt sich dies Damals dazwischen, vergangene Zeit.

Sie stiegen schweigend die Höhe empor. Schon bückten sich matten Geleuchts die Häuser unter ihnen zusammen, aus dämmerigem Tal wölbte immer heller schon der geschwungene Fluß, indes hier die Bäume rauschten und Dunkel über sie herabsenkten. Niemand kam ihnen entgegen, nur vor ihnen schoben sich schweigend ihre Schatten. Und immer wenn schräge eine Laterne ihre Gestalten überleuchtete, schmolzen die Schatten vor ihnen zusammen, als umarmten sie sich, sie dehnten sich und sehnten sich zueinander, Leib in Leib eine Gestalt, wichen wieder auseinander, um neu sich zu umfangen, indes sie selbst laß und atemweit schritten. Wie gebannt sah er dies sonderbare Spiel, dieses Fliehen und Fassen und Wiedereinanderlassen dieser unbeseelten Gestalten, schattender Leiber, die doch nur Widerschein ihrer eigenen waren, mit einer kranken Neugier sah er dieser wesenlosen Figuren Flucht und Verstrickung, und fast vergaß er der Lebendigen neben ihm [= sich] über dem schwarzen fließenden und flüchtenden Bild. Er dachte an nichts deutlich dabei und fühlte doch dumpf, daß an irgend etwas dies scheue Spiel ihn mahnte, an irgend etwas, das brunnenhaft tief in ihm lag und nun unruhig aufwogte, als tastete der Eimer des Erinnern unruhig und drohend heran. Was war es nur? – Er spannte alle Sinne, woran gemahnte ihn dieser Schattengang hier im schlafenden Wald : Worte mußten es sein, eine Situation, ein Erlebtes, Gehörtes, Gefühltes, irgend gehüllt in eine Melodie, ein ganz tief Vergrabenes, an das er Jahre und Jahre nicht gerührt.

Und plötzlich brach es auf, blitzender Spalt im Dunkel des Vergessens : Worte waren es, ein Gedicht, das sie ihm einmal vorgelesen abends im Zimmer. Ein Gedicht, ja, französisch, er wußte die Worte, und wie hergerissen von einem heißen Wind waren sie mit einmal bis hoch an die Lippen, er hörte über ein Jahrzehnt weg mit ihrer Stimme diese vergessenen Verse aus einem fremden Gedicht

Dans le vieux parc solitaire et glacé
Deux spectres cherchent le passé

Und kaum daß sie aufleuchteten im Gedächtnis, diese Verse, fügte sich magisch schnell ein ganzes

171

Bild daran : die Lampe golden glühend im ver-
dunkelten Salon, wo sie ihm eines Abends das
Gedicht Verlaines vorgelesen. Er sah sie, vom
Schatten der Lampe abgedunkelt, wie sie damals
saß, nah und fern zugleich, geliebt und uner-
reichbar, fühlte mit einmal sein eigenes Herz von
damals hämmernd vor Erregung, ihre Stimme
schwingen zu hören auf der klingenden Woge des
Verses, sie im Gedicht — wenn auch im Gedicht nur
— die Worte »Sehnsucht« zu hören und »Liebe«,
fremder Sprache zwar und Fremder zugemeint,
aber doch berauschend zu hören von dieser Stimme, ihrer Stimme. Wie hatte er's vergessen können
jahrelang, dies Gedicht, diesen Abend wo sie allein
im Haus und verwirrt vom Alleinsein flüchteten
von gefährdendem Gespräch in der Bücher
umgänglicheres Gefild, wo hinter Worten und
Melodie manchmal deutsam Geständnis innigeren
Gefühls aufblitzte wie Licht im Gesträuch, unfaßbar
funkelnd und doch beglückend ohne Gegenwart.
Wie hatte er's vergessen können so lange? Aber
wie auch war es plötzlich wiedergekommen, dies
verlorene Gedicht? Unwillkürlich sagte, übersetzte
er sich die Zeilen :

> *Im alten Park, eisstarrend und verschneit*
> *Zwei Schatten suchen die Vergangenheit*

und kaum, daß er sich's gesagt, so verstand er sie schon, lag schon schwer und funkelnd der Schlüssel in seiner Hand, die Assoziation, die aus schlafendem Schacht das Erinnern, dies eine, plötzlich so sinnlich hell, so scharf emporgerissen: Die Schatten da waren es über dem Weg, die Schatten, sie hatten ihr eigenes Wort berührt und erweckt, ja, aber noch mehr. Und schauernd fühlte er plötzlich erschreckten Erkennens Sinn; Worte wahrsagenden Sinns: waren sie es nicht selbst, diese Schatten, die ihr Vergangenheit suchten, dumpfe Fragen richteten an ein Damals, das nicht mehr wirklich war, Schatten, Schatten, die lebendig werden wollten und es nicht mehr vermochten, nicht sie, nicht er mehr dieselben und sich doch suchend in vergebenem Bemühen, sich fliehend und sich haltend in wesenlosen kraftlosen Bemühungen wie diese schwarzen Gespenster vor ihrem Fuß?

Unbewußt mußte er aufgestöhnt haben, denn sie wandte sich herum: »Was hast du, Ludwig? Woran denkst du?«

Aber er wehrte nur ab »Nichts! Nichts!« Und er horchte nur tiefer in das Innen hinein, in das Damals zurück, ob nicht nochmals diese Stimme, die wahrsagende des Erinnerns zu ihm sprechen wolle und mit Vergangenheit ihm die Gegenwart enthüllen.

TABLE

Cet ouvrage a été imprimé en France par

Bussière

à Saint-Amand-Montrond (Cher)
en février 2009
pour le compte des Éditions Grasset,
61, rue des Saints-Pères, 75006 Paris.

N° d'édition : 15678. — N° d'impression : 090456/4.
Première édition : dépôt légal : octobre 2008.
Nouveau tirage : dépôt légal : février 2009.